HISTOIRE

DE

NAPOLÉON II

ROI DE ROME.

Paris. — Imprimerie de POMMERET et MOREAU, 17, quai des Augustins.

NAPOLÉON II.

HISTOIRE

DE

NAPOLÉON II

ROI DE ROME,

D'après les documents officiels et les meilleurs renseignements.

PAR

M. Jules de SAINT-FÉLIX.

PARIS,

B. RENAULT, ÉDITEUR.

LIBRAIRIE DE RUEL AÎNÉ, RUE LARREY, 8.

1853

HISTOIRE

DU

NAPOLÉON II

ROI DE ROME.

I.

Naissance du Roi de Rome.

Le 20 mars de l'année 1811, dans la matinée et par le plus beau temps du monde, une salve de cent et un coup de canon annonçait à Paris et à l'Europe qu'un fils venait de naître à S. M. l'empereur Napoléon.

Au vingt-deuxième coup de canon, un cri de joie immense retentit depuis le jardin des Tuileries jusqu'aux faubourgs les plus reculés.

L'enfant qui venait de naître était le fils de Marie-

Louise d'Autriche et du héros des temps modernes. Il devait porter les noms de Napoléon-François-Charles-Joseph Bonaparte; il devait hériter de la plus noble et de la plus glorieuse couronne du monde !... Sa naissance fut donc saluée comme l'annonce d'une grande victoire. Jamais la voix du canon ne provoqua de plus sincère enthousiasme.

Nous ne pouvons donner à nos lecteurs des détails plus précieux sur cette naissance célèbre, qu'en mettant sous leurs yeux le tableau qu'en a tracé, avec tant de sincérité, M. le baron de Méneval, secrétaire des commandements de l'empereur Napoléon Ier; il fut témoin de cet heureux événement :

« Les premières douleurs de l'Impératrice, dit l'auteur « des *Mémoires*, s'étaient déclarées la veille au soir; elles « furent supportables jusqu'au jour; elles cessèrent alors, « et l'Impératrice put s'endormir. L'Empereur avait « passé le commencement de la nuit auprès d'elle; voyant « qu'elle reposait, il remonta dans son appartement et « se mit au bain. Une heure après, l'Impératrice fut « éveillée par des douleurs très-vives, qui faisaient pré- « sager que l'accouchement serait prochain ; mais le doc- « teur Dubois ne tarda pas à s'apercevoir qu'il serait « très-laborieux, parce que l'enfant se présenterait de « côté. L'Empereur était dans une parfaite sécurité, « lorsque M. Dubois ouvrit brusquement la porte, et « annonça, tout troublé, à l'Empereur que les prélimi- « naires de l'accouchement lui donnaient de vives in- « quiétudes. Sans lui répondre, l'Empereur s'élança hors « du bain, passa à la hâte une robe de chambre, et,

« suivi de l'accoucheur, descendit chez l'Impératrice. « Il s'approcha de son lit en dissimulant son inquié- « tude, embrassa tendrement sa femme, et l'encouragea « par les mots les plus rassurants. Les douleurs aug- « mentaient d'intensité. L'Impératrice était frappée de « terreur, et criait qu'on allait la sacrifier. L'Empereur « était dans une extrême agitation ; il disait que si l'en- « fant ne pouvait venir à bien, il fallait avant tout qu'on « sauvât la mère. Enfin, après les efforts les plus dou- « loureux, cet enfant si désiré vint au jour : c'était un « fils ; mais il ne donnait aucun signe de vie. L'Empe- « reur, rassuré sur l'état de la mère, avait reporté toute « sa sollicitude sur son fils ; il contemplait avec une vive « anxiété cet enfant en apparence inanimé, quand un « faible cri que poussa ce dernier fit évanouir ses inquié- « tudes. Les membres de la famille impériale, les grands « dignitaires, les principaux officiers et les dames de la « cour avaient été mandés au palais lorsque les premiè- « res douleurs se firent sentir ; mais, vers cinq heures « du matin, M. Dubois ayant pensé que la délivrance « pourrait n'avoir lieu que dans vingt-quatre heures, « l'Empereur avait renvoyé tout le monde ; mesdames « de Montebello, de Luçay et de Montesquiou étaient « seules restées avec le médecin, les dames d'annonces « et les femmes de chambre. L'archichancelier accourut « en toute hâte, et successivement arrivèrent le prince « de Neufchâtel, toute la cour et les principaux fonction- « naires de l'Etat qui devaient être témoins de l'accouche- « ment. L'Empereur, dans l'effusion de sa joie, annonça « lui-même la naissance de son fils à toute sa maison ; il

« était encore ému du spectacle douloureux de l'accou-
« chement de l'Impératrice, et il disait qu'il aurait pré-
« féré assister à une bataille. La nouvelle de cet heureux
« événement s'était répandue dans Paris avec une rapi-
« dité merveilleuse. Quand le bourdon de Notre-Dame et
« le canon l'annoncèrent, une foule considérable était
« déjà rassemblée dans le jardin, sous les fenêtres du pa-
« lais. Les spectateurs, dont le nombre grossissait à cha-
« que instant, semblaient craindre de troubler le repos
« de l'auguste accouchée, et leur silence témoignait de
« leur sympathie. L'Empereur contemplait avec atten-
« drissement un spectacle si doux pour lui.

« Les officiers de la maison impériale, des pages et
« des courriers allèrent porter cette nouvelle aux grands
« corps de l'Etat, aux bonnes villes et aux ambassadeurs
« et ministres français et étrangers. Le corps municipal
« de Paris et celui de Turin votèrent des pensions aux
« pages porteurs de cette communication si désirée. »

La première personne qui félicita l'Empereur sur la naissance du roi de Rome, fut l'impératrice Joséphine, qui par cet élan de cœur prouva une fois de plus quelle admirable nature était la sienne. Cet empressement de la part de Joséphine était sublime. L'Empereur en fut ému jusqu'aux larmes.

Le soir du même jour eut lieu, dans la chapelle du château des Tuileries, la cérémonie de l'ondoiement de l'enfant nouveau-né. Le cardinal Fech, grand aumônier de France, ondoya lui-même le fils de l'Empereur, suivant les rites en usage dans les cours souveraines de l'Europe catholique.

Le lendemain, 21 mars, eurent lieu les félicitations officielles des grands corps de l'Etat, que l'Empereur reçut dans la salle du trône, entouré des grands officiers de sa maison. Les ambassadeurs des puissances étrangères se rendirent à cette audience solennelle, avec le cérémonial d'usage et surtout avec l'empressement de gens très-jaloux de gagner les bonnes grâces du plus puissant des monarques de l'Europe. L'Empereur reçut également tous les hauts fonctionnaires du département de la Seine et des départements voisins.

Un riche et élégant berceau de vermeil avait été voté par la ville de Paris. C'était M. le comte Frochot, préfet de la Seine, qui l'avait offert à Leurs Majestés impériales, au nom de la ville. Le grand peintre Prudhon en avait dessiné le modèle, jusque dans ses moindres détails. Le berceau du roi de Rome avait, par sa forme, la coupe d'un navire *antique*; les ciselures et les *repoussés* y étaient prodigués. On remarquait, entre autres, dans un de ses médaillons : *Romulus et Rémus allaités par la louve.* Les armes de la ville de Paris dominaient l'ornementation générale. Le travail d'exécution de ce riche berceau était admirable; toute la partie de vermeil ciselé venait des ateliers de Thomire et Odiot. C'est tout dire.

Au sortir de l'audience solennelle dans la salle du trône, on se rendit aux appartements du roi de Rome. Le bel enfant était couché dans le berceau de la ville de Paris; là, comme sur un trône, il reçut les hommages et les vœux enthousiastes des plus fiers représentants de la France et de l'Europe. On lit, dans le *Moniteur* de cette époque, que le jour même de la naissance du fils de l'Empereur, les cordons et les insignes de la Légion-d'Honneur et ceux de la Couronne de Fer furent déposés sur le berceau de l'enfant impérial.

Ajoutons que, quelques jours après, l'empereur d'Autriche, François II, envoya à son petit-fils, par ambassadeur, le grand cordon de l'ordre de Saint-Etienne.

Que de grandeurs et que d'espérances, alors, autour de ce berceau de vermeil!

La naissance du roi de Rome avait donné un élan extraordinaire à l'enthousiasme et à la joie populaires. On ne voyait plus de bornes à la fortune de Napoléon et aux prospérités du vaste empire qui s'appelait la France. Tous les souverains de l'Europe (l'Angleterre seule fit exception) envoyèrent des ambassadeurs extraordinaires à Sa Majesté l'Empereur et roi. Les cinquante *bonnes* villes de France lui adressèrent des députés. Les rois de Naples, de Westphalie et d'Espagne arrivèrent en personne à la cour des Tuileries. Le vieux roi de Saxe, ce fidèle ami dans la bonne et dans la mauvaise fortune, envoya le prince Poniatowski pour complimenter son jeune et bien-aimé allié, Napoléon-le-Grand. L'Empereur témoigna sa sympathie chaleureuse à Poniatowski, par un cadeau de trois cent mille francs et par le don d'une terre princière en Pologne.

Tous ces rois, ces ambassadeurs, ces princes, ces députés restèrent à Paris, pour le baptême de l'enfant impérial.

Les rois l'adoraient au berceau,

a dit Béranger. Eh! comment ne l'auraient-ils pas adoré, ce fils de César, après les quarante immortelles victoires de son père? Nous verrons plus tard comment ces grands de la terre honorèrent la tombe du fils de l'exilé.

Peu de temps après, le canon et les cloches de Paris annoncèrent la cérémonie du baptême. Ce jour-là, l'église métropolitaine de Notre-Dame resplendit de toutes les pompes de la religion catholique. Nous ne chercherons pas à décrire les splendeurs de cette fête religieuse, impériale et nationale à la fois. Elles sont inscrites avec exactitude dans le *Moniteur* du mois d'avril de l'année 1811; elles sont restées aussi dans le souvenir des vieux serviteurs de l'empire, qui n'en parlent que les larmes aux yeux.

Le parrain du roi de Rome était, de droit, l'empereur d'Autriche. Il se fit représenter à la cérémonie par le grand-duc de Würtzbourg. L'enfant eut deux marraines: Madame mère (la mère de l'Empereur) et la reine de Naples, qui, ne pouvant se rendre à Paris, fut représentée par la reine Hortense, cette charmante et noble fille de l'impératrice Joséphine.

Il y eut pendant la cérémonie un moment solennel, et dont le souvenir fait tressaillir encore : l'enfant venait d'être baptisé par l'officiant; il était chrétien et roi; l'empereur Napoléon prenant alors son fils des bras de Madame mère, l'éleva devant l'imposante assemblée, comme pour le montrer à la *ville* et au *monde*. Le délire fut à son comble. Des vivats et des applaudissements éclatèrent comme l'ouragan sous les voûtes de Notre-Dame.

Le cortége reprit sa marche triomphale de Notre-Dame aux Tuileries, au milieu d'une population de plus de trois cent mille âmes. Ce fut un des plus beaux jours de la vie de l'Empereur.

Dès ce moment-là, on s'occupa de choisir une gouvernante pour l'enfant impérial, l'héritier du trône. Ce choix était de la plus haute importance. Napoléon, avec ce tact exquis et cette sûreté de coup d'œil qui ne lui faisaient jamais défaut, nomma gouvernante du roi de Rome madame de Montesquiou. Ce choix eut l'approbation générale. Madame de Montesquiou unissait aux distinctions du nom et du rang les plus excellentes qualités du cœur et de l'esprit. Son caractère était ferme, son instruction très-remarquable, ses manières parfaites. Elle a prouvé depuis, par un grand dévouement, que l'Empereur ne se trompait jamais, quand il s'agissait de distinguer le vrai mérite, les éminentes qualités de l'âme et de l'esprit.

La première enfance du roi de Rome fut entourée de tous les prestiges de la grandeur et de tous les charmes de la vie de famille. Oui, cet enfant, alors, était heureux comme un roi; c'est bien le cas de le dire. Écoutons encore M. de Méneval :

« On portait, dit-il, chaque matin l'enfant à sa mère, « et elle le gardait jusqu'à l'heure de sa toilette. Pendant « la journée, dans les intervalles de ses leçons de musi- « que ou de dessin, Marie-Louise allait le voir dans son « appartement, et travaillait près de lui à quelque ou- « vrage à l'aiguille. Souvent, suivie de la nourrice qui « portait l'enfant, elle le conduisait à son père pendant « son travail. Quand on l'annonçait, l'Empereur se levait « pour aller le recevoir. L'entrée de son cabinet étant

« interdite à tout le monde, il n'y laissait pas entrer la « nourrice, et priait Marie-Louise de lui apporter son « fils ; mais l'Impératrice était si peu sûre d'elle-même, « que l'Empereur s'empressait d'aller au devant d'elle, « prenait son fils dans ses bras et l'emportait en le cou- « vrant de baisers. Ce cabinet, qui vit éclore tant de « vastes et généreuses pensées d'administration, tant « de combinaisons savantes destinées à repousser les « attaques de nos éternels ennemis, fut bien souvent « aussi le confident des tendresses d'un père. Combien « de fois ai-je vu l'Empereur y retenir son fils près de « lui, comme s'il eût été impatient de l'initier dans l'art « de gouverner! Soit qu'assis sur sa causeuse favorite, « auprès d'une cheminée que décoraient deux magnifi- « ques bustes en bronze de Scipion et d'Annibal, il fût « occupé de la lecture d'un rapport important; soit qu'il « allât à son bureau, échancré au milieu, dont les côtés, « disposés en ailes, étaient couverts de ses nombreux « papiers, pour signer une dépêche dont chaque mot « devait être pesé, son fils, placé sur ses genoux ou « serré contre sa poitrine, ne le quittait pas. Doué d'une « merveilleuse puissance d'attention, il savait, dans le « même temps, vaquer aux affaires sérieuses et se prêter « aux caprices d'un enfant. Quelquefois, faisant trêve « aux grandes pensées qui occupaient son esprit, il se « couchait par terre, à côté de ce fils chéri, jouant avec « lui comme un autre enfant, attentif à ce qui pouvait « l'amuser ou lui épargner une contrariété.

« Il avait fait faire des pièces de manœuvre : c'étaient « de petits morceaux de bois d'acajou de longueurs iné-

« gales et de figures différentes, dont le sommet était « dentelé, et qui figuraient des bataillons, des régiments « et des divisions. Quand il voulait essayer quelques « combinaisons de troupes, quelques nouvelles évolu- « tions, il se servait de ces pièces, qu'il rangeait sur le « tapis du parquet pour se donner un champ plus vaste. « Quelquefois son fils le surprenait sérieusement occu- « pé de la disposition de ces pièces, et préludant à « quelqu'une de ces savantes manœuvres qui lui assu- « raient le succès dans les batailles. Son fils, couché à « ses côtés, charmé de la forme et de la couleur des « pièces de manœuvres qui lui rappelaient ses jouets, y « portait à chaque instant la main et dérangeait l'ordre « de bataille, souvent au moment décisif et quand l'en- « nemi allait être battu; mais telle était la présence d'es- « prit de l'Empereur, qu'il n'était point troublé par ce « désordre momentané, et il recommençait, sans s'im- « patienter, ses dispositions stratégiques. Sa patience, « sa complaisance pour cet enfant étaient inépuisables; « ce n'était pas seulement l'héritier de son nom et de sa « puissance qu'il aimait dans son fils, lorsqu'il le tenait « dans ses bras : les idées d'ambition et d'orgueil étaient « loin de son esprit.

« L'Empereur déjeunait seul; chaque jour, à ce mo- « ment, madame de Montesquiou lui conduisait le roi « de Rome. Il le prenait sur ses genoux, s'amusait à le « faire manger et à approcher son verre de ses lèvres; « il riait beaucoup, tout en le gourmandant, de la gri- « mace qu'il faisait quand une goutte de vin lui piquait « la langue. Un jour il lui présenta un morceau de je

« ne sais quel mets qu'il avait sur son assiette, et quand « l'enfant approcha sa bouche pour le saisir, il le retira. « Il voulut continuer ce jeu dont il s'amusait; mais, à la « troisième épreuve, l'enfant détourna la tête; son père « lui abandonna alors le morceau, mais il le refusa obsti- « nément. Comme l'Empereur s'en étonnait, madame de « Montesquiou dit que l'enfant n'aimait pas qu'on cher- « châtà le tromper, qu'il était fier et sensible. — Sen- « sible et fier! répéta Napoléon, cela est très-bien; voilà « comme je l'aime. »

Au nombre des cœurs dévoués, le plus élevé et le plus aimant de tous, était certainement celui de l'impératrice Joséphine. Cette noble femme vivait encore du bonheur de l'empereur Napoléon; et cependant, qui avait, plus que Joséphine, le droit de chercher à s'isoler de tous les événements? Mais pour les natures d'élite les mesquines considérations du *moi* humain n'existent pas. Joséphine demanda à voir le roi de Rome. Elle se trouva à Bagatelle à ce rendez-vous donné avec la permission de l'Empereur. Madame de Montesquiou amena l'enfant de Napoléon et de Marie-Louise, qui, dit-on, ignora cette réunion. Joséphine embrassa l'héritier de l'Empire et le considéra longtemps avec attendrissement. Larmes adorables, qui venaient bien du cœur, celles-là, et d'un cœur blessé, hélas! hélas! La visite fut abrégée; on se sépara pour ne plus se revoir. L'enfant emportait les bénédictions de celle qui eût été pour lui la plus tendre et la plus dévouée des mères.

Il fut question de bâtir une somptueuse résidence à l'héritier du trône impérial. On fit choix d'un emplacement où l'air était d'une grande salubrité. On acheta d'immenses terrains sur les hauteurs de Chaillot, sur cette colline qui fait face au pont d'Iéna, vis-à-vis du Champ-de-Mars. C'est là que devait s'élever le palais du roi de Rome.

Faut-il ici rappeler l'anecdote bien connue de cet avide tonnelier qui possédait une chétive maison sur le versant des hauteurs de Chaillot, sur le point même où on voulait bâtir le palais, et qui voulut si effrontément rançonner l'Empereur en la lui vendant à un prix exorbitant? L'Empereur fit offrir dix mille francs de la *bicoque* en question. Le tonnelier en demanda vingt mille. Ils lui furent accordés. Le tonnelier en demanda trente mille; accordé. Il en exigea quarante mille; ce fut encore accordé. Mais la cupidité grisa notre homme, qui osa demander cinquante mille francs d'une masure qui ne valait pas mille écus. Ma foi, Napoléon se fâcha. L'Empereur eût pu s'emparer du terrain, indemniser le drôle et le faire expulser. Il n'en fut pas ainsi. Chez le grand homme l'esprit de justice dominait toute ambition. « Cet homme est fou, dit-il, mais il est dans son droit. « Je ne puis le forcer à vendre sa maison. La loi le pro« tège et je dois être le premier à m'incliner devant la « loi. Cette maison restera où elle est comme une preuve « de mon respect pour le principe inviolable de la pro« priété. »

Un des grands hommes de Plutarque eût-il mieux parlé?

Telles furent les joies de famille de l'année 1811, telles furent les douces prémices de ce bonheur paternel, de cette espérance couronnée de roses et de laurier. Un héritier de l'empire était né à Napoléon ; l'avenir était assuré. Arrêtons-nous un instant devant cette riante et magnifique perspective, avant de parler des premiers symptômes qui annoncèrent les événements de l'année 1812.

II.

Enfance du Roi de Rome. — Victoires et revers.

Nous touchons à cette mémorable époque de la campagne de Russie qui étonna le monde et commença les revers de la France.

Notre mission n'est pas de raconter et d'apprécier les événements politiques et diplomatiques qui amenèrent Napoléon à rompre avec l'empereur Alexandre, son allié et son *admirateur*, selon l'expression du monarque russe. Alexandre s'était même fait gloire d'être l'*ami* de Napoléon. Quelques années auparavant, étant avec lui dans la même loge au spectacle, à Erfurth, n'avait-il pas applaudi chaleureusement ce vers prononcé par l'acteur avec une intention marquée ?

L'amitié d'un grand homme est un bienfait des dieux?

Alexandre s'était retourné vers Napoléon, tout en applaudissant, afin, probablement, de prendre à témoin toute l'Europe de son enthousiasme et de son *sincère* attachement pour le héros des temps modernes.

Quoi qu'il en soit, prenons les démonstrations de l'empereur de Russie pour ce qu'elles valaient alors à Erfurth, en 1811, et constatons que dans les premiers mois de l'année 1812, Napoléon, trompé dans ses traités et ses espérances, était forcé de lui déclarer la guerre.

Un traité d'alliance unissait encore la Prusse et l'Autriche à la France. Napoléon voulut, avant de commencer la campagne, avoir une conférence avec ces deux souverains. Le rendez-vous fut fixé à Dresde. L'Empereur arriva dans cette ville le 14 mai. Il était accompagné de Marie-Louise. Leurs Majestés impériales firent leur entrée aux flambeaux. Le roi de Prusse et l'empereur François arrivaient en même temps. La réunion fut splendide. Plus de douze ou quinze grands-ducs et princes régnants y assistèrent.

Toutes ces têtes couronnées se courbaient encore devant l'Empereur dont la fortune était à son apogée. Le roi de Prusse poussa le zèle et l'admiration en présentant son fils à l'empereur Napoléon, jusqu'à le prier de permettre que ce jeune prince l'accompagnât en Russie en qualité d'aide-de-camp.

Des fêtes vinrent embellir ce congrès de souverains à Dresde. Mais bientôt il fallut se séparer. Marie-Louise fit ses adieux à son père et à son époux, et reprit la route de France. Les deux monarques et les princes allemands s'en retournèrent, chacun dans ses Etats, après avoir toutefois mis à la disposition de Napoléon les forces suffisantes pour l'aider dans sa formidable conquête.

La campagne s'ouvrit donc au mois de mai 1812. L'Empereur arriva en Lithuanie et se mit à la tête de la grande armée. Nous ne le suivrons pas dans ses opérations, nous irons tout droit le rejoindre au camp de Borodino, à quelques lieues de Moscou, où il devait entrer en vainqueur quelques jours après le mémorable combat de Mojaïsk.

Mais c'est avec le souvenir du roi de Rome que nous pénétrerons dans la tente de l'Empereur. Laissons parler un historiographe fidèle, M. de Beausset, préfet du palais impérial, qui, dans les premiers jours de septembre, arrivait de Paris au camp français en Russie, porteur de lettres de l'Impératrice.

« En 1812, dit-il, je partis, emportant le portrait du « roi de Rome. Depuis Saint-Cloud jusqu'au quartier gé- « néral, je trouvai la route couverte de soldats marchant « isolément ou par compagnies, des blessés qui ren- « traient dans leurs foyers, des prisonniers que l'on « conduisait, des trains d'artillerie, des équipages de « toute nature, enfin un mouvement continuel. La « France, l'Allemagne, l'Italie, la Prusse, la Pologne, « l'Espagne, etc., semblaient s'être donné rendez-vous « sur cet étroit passage. De nombreux employés et des « traînards de toute espèce encombraient les derrières « de l'armée, et ce ne fut pas sans beaucoup de peine « que j'arrivai, le 6 septembre au matin, à la tente de « Sa Majesté. Je lui remis les lettres que l'Impératrice « avait bien voulu me confier, et je lui demandai ses « ordres relativement au portrait de son fils. Je pensais « qu'étant à la veille de livrer la grande bataille qu'il « avait tant désirée, il différerait de quelques jours de « faire ouvrir la caisse dans laquelle le portrait était ren- « fermé.... Je me trompais. Pressé de jouir d'une vue « qui lui rappelait un lien si cher, il m'ordonna de le « faire porter à sa tente. Je ne puis exprimer le plaisir « que cette peinture lui fit éprouver. Le regret de ne « pouvoir serrer son fils contre son cœur fut la seule

« pensée qui vint troubler une si douce jouissance. Ses « yeux exprimaient l'attendrissement le plus vrai. Il ap« pela lui-même les officiers de sa maison et tous les gé« néraux, qui attendaient à quelque distance ses ordres, « pour leur faire partager les sentiments dont son cœur « était rempli.

« Messieurs, leur dit-il, si mon fils avait quinze ans, « croyez qu'il serait ici autrement qu'en peinture. » Un « moment après, il ajouta : « Ce portrait est admirable ! » « Il le fit placer en dehors de sa tente, sur une chaise, « afin que les officiers et les soldats de sa garde pussent « le contempler et puiser dans cette vue un nouveau « courage. Il resta ainsi exposé toute une journée...

« Quand l'Empereur se fut emparé de Moscou et qu'il « fixa sa résidence au Kremlin, cette peinture, pendant « tout son séjour dans ce palais, resta placé dans sa « chambre à coucher. »

L'Empereur avait quitté Moscou, et l'armée opérait sa retraite. Que d'héroïsme et de gloire dans ces immenses désastres ! Nous cédions à la rigueur inouïe du froid, survenu tout à coup, bien plus qu'aux armes des Russes.

Napoléon partit le 2 décembre de Smorgoni, et se dirigea sur Varsovie. Il traversa Dresde, Erfurth, Mayence, arriva en France, et, le 18, dans la nuit, il entrait aux Tuileries. Avec quelle émotion il serra dans ses bras Marie-Louise et surtout le roi de Rome, qu'il avait cru ne jamais revoir !

De retour à Paris, Napoléon, qui prévoyait la grande lutte que la France aurait à soutenir contre les puissances coalisées, s'occupa, avec sa prodigieuse activité, à réorganiser l'armée et à régler les affaires intérieures de l'Empire. Voulant se dégager des préoccupations du gouvernement et de l'administration pour se dévouer tout entier au commandement des armées, il décréta que la régence serait conférée à l'Impératrice. C'était un titre suprême qu'il lui donnait, personnifiant ainsi en elle la majesté du pouvoir. Il nomma le roi Joseph, son frère, lieutenant-général de l'Empire et le prince archichancelier Cambacérès premier conseiller de la régence.

L'hiver s'acheva au milieu d'immenses préparatifs de guerre. L'Empereur voulait prendre une éclatante revanche; et cette revanche seule pouvait sauver la France.

Le 15 avril, il partit de Saint-Cloud pour rejoindre l'armée en Allemagne. La coalition s'était reformée plus formidable que jamais, et déjà on pouvait pressentir que l'Autriche, au mépris des traités et de l'*alliance* de famille, faisait défection à la France et organisait contre elle ses armées.

Après les magnifiques journées de Lützen et de Bautzen, deux victoires jumelles, un armistice avait eu lieu. L'Empereur se rendit à Mayence, où il trouva l'Impératrice, le 25 juillet. Il y trouva aussi les princes de la confédération, tels que le grand-duc et la grande-duchesse de Bade, le prince Primat, le prince de Nassau, le grand-duc de Hesse-Darmstadt. Ceux-là s'abritaient encore sous les ailes de l'aigle impériale de France. Ce fut le 1er août que l'Empereur prit congé de l'Impératrice. Il se rendit à Dresde. Marie-Louise regagna Cologne et reprit la route de Paris.

Le roi de Rome était resté au château de Saint-Cloud, sous la tutelle de sa bonne gouvernante, Madame de Montesquiou. C'est là, dans cette paisible et charmante résidence, au milieu des fleurs, sous les plus frais ombrages, c'est là que ce bel enfant attendait paisiblement le retour de sa mère. Elle le trouva grandi et dans tout l'éclat de la santé. Il était souriant, intelligent et beau comme un ange. Il était charmant à voir, avec ses grands yeux d'un bleu vif, ses cheveux blonds et bouclés, jouant avec quelques amis de son âge dans ces jardins de Saint-Cloud, que l'Empereur aimait tant. Le petit roi venait d'avoir un grand bonheur : la reine de Naples, sa tante, lui avait fait présent d'une jolie petite calèche que traînaient quatre moutons mérinos, dressés par Franconi. Ce fut dans ce pacifique et triomphant équipage que le retrouva Marie-Louise.... Dans ce moment-là même, à trois cents lieues de là, l'Empereur, monté sur son formidable cheval de guerre, allait tenir tête à l'Europe et affronter la mort au milieu des plus sanglantes batailles.

Le congrès de Prague ne fut qu'une réunion de plénipotentiaires ayant tous un parti pris contre la paix. Ces négociations étaient illusoires, ou plutôt elles donnaient du temps aux coalisés pour se préparer à la guerre. Enfin, le 16 aout, on dénonça la reprise des hostilités. L'Autriche n'hésita plus, elle passa aux ennemis de Napoléon.

Ici commence cette dernière campagne d'Allemagne,

qui fut une série de victoires et de revers pour nos armées ; magnifique campagne, aussi glorieuse par nos malheurs que par nos triomphes. L'âme de cette vaste coalition était l'Angleterre. Sa haine contre Napoléon était alors implacable ; elle avait l'Europe entière pour champion, dans ce duel immense engagé entre elle et nous. En 1813, les forces coalisées contre nous s'élevaient à huit cent mille hommes. Ces armées devaient encore devenir plus formidables en nombre.

Bientôt nos frontières furent menacées ; l'ennemi venait de mettre le pied sur la rive gauche du Rhin.

Ce fut alors que Napoléon, ranimant toutes les forces vives de son génie, résolut d'aller foudroyer les puissances coalisées, si elles persistaient à refuser les conditions de paix honorable qu'il leur avait offertes.

Le 23 janvier 1814, réunissant au palais des Tuileries les officiers de la garde nationale de Paris, il leur présenta son fils et l'Impératrice :

« Je pars, dit-il, je vais combattre l'ennemi. Voici ce que j'ai de plus cher, l'Impératrice ma femme, et le roi de Rome mon fils ; je vous les confie. »

Cette campagne de France, en 1814, fut un prodige de stratégie et d'héroïsme. Jamais le génie de Napoléon ne se montra plus grand. Avec des forces cinq ou six fois moins nombreuses que celles des alliés, il remporta d'éclatantes victoires. Montmirail, Vauchamps, Champaubert, virent nos régiments culbuter et briser l'ennemi, comme aux meilleurs temps de nos campagnes de Prusse et d'Autriche. L'Empereur envoya à Marie-

Louise dix drapeaux russes, prussiens et autrichiens, pris sur le champ de bataille. Ce furent les derniers lauriers de l'empire, ajoutés à d'innombrables trophées.

L'ennemi, qui, de moment en moment, recrutait de nouvelles forces à mesure que les nôtres s'épuisaient, l'ennemi arriva aux barrières de Paris.

III.

Les derniers jours de l'Empire.—Départ du Roi de Rome et de l'Impératrice.—Abdication de Fontainebleau.

Les armées de la coalition réparaient les pertes énormes que les victoires de l'Empereur leur avaient fait subir ; de nouvelles forces arrivaient incessamment et venaient compléter les colonnes que brisait le canon français. La Champagne, la Lorraine et l'Alsace étaient au pouvoir de l'ennemi.

Paris était menacé. On y préparait une héroïque résistance, et les ordres de l'Empereur avaient été devancés par l'élan de la population.

Cependant Napoléon cessait de se faire illusion sur les chances de salut qui pouvaient nous rester. Il écrivit de Reims au roi Joseph, gouverneur de Paris, une lettre où se révélaient à la fois ses tristes pressentiments et ses vives sollicitudes pour son fils bien-aimé. Voici cette lettre devenue historique :

« Reims, le 16 mars 1814.

« Au roi Joseph,

« Mon frère, conformément aux instructions verbales « que je vous ai données et à l'esprit de toutes mes lettres, vous ne devez pas permettre que, dans aucun

« cas, l'Impératrice et le roi de Rome tombent entre les
« mains de l'ennemi. Je vais manœuvrer de manière
« qu'il serait possible que vous fussiez plusieurs jours
« sans avoir de mes nouvelles. Si l'ennemi s'avançait
« sur Paris avec des forces telles que toute résistance
« devînt impossible, faites partir, dans la direction de
« la Loire, la régente et mon fils, les grands digni-
« taires, les ministres, les grands officiers de la cou-
« ronne, le baron de la Bouillerie et le trésor. Ne quit-
« tez pas mon fils, et rappelez-vous que je préférerais le
« savoir dans la Seine plutôt que dans les mains des
« ennemis de la France. Le sort d'Astyanax, prisonnier
« des Grecs, m'a toujours paru le sort le plus malheu-
« reux de l'histoire. »

L'ennemi approchait. Il n'était plus qu'à quelques marches de Paris. Il n'y avait plus à hésiter. En vain les officiers de la garde nationale vinrent-ils supplier Marie-Louise de rester dans la capitale, cherchant à lui persuader que sa présence serait d'une puissance électrique sur le moral de l'armée et sur le peuple pour la défense de la ville, l'Impératrice voulut absolument partir, et le 29 mars elle donna ses ordres pour quitter les Tuileries.

Ici se révèle un trait du caractère énergique qui se serait développé chez le roi de Rome, si le malheur et une éducation, qui ne devait pas être la sienne, n'étaient venus affaiblir les belles facultés morales du prince impérial.

L'enfant protestait contre le départ des Tuileries. Il

opposa la résistance la plus vive à ceux qui voulaient le forcer à monter en voiture.

« Maman, s'écriait-il, restons ici. N'allons pas à Ram- « bouillet. Le vilain château! Je ne veux pas quitter « les Tuileries. »

Et comme l'officier de service voulait l'emporter dans ses bras, il se débattait avec une énergie qui attendrissait tous les témoins de cette scène.

« Oui, reprenait le généreux enfant, puisque l'Em- « pereur est à l'armée, c'est moi qui suis le maître ici. »

Assurément, noble enfant, vous auriez été le maître de la France si votre père, le glorieux Empereur, n'eût été trahi et accablé sous le nombre.

« Le 29 mars, dit M. de Beausset, dès six heures du « matin, j'étais au palais des Tuileries, les cours étaient « remplies d'équipages et de fourgons de toute espèce; « les voitures de parade, même celle du sacre, les cais- « sons du trésor, l'argenterie., etc., encombraient tout « l'espace. Les divers préparatifs furent achevés à neuf « heures. L'Impératrice, accompagnée de son fils, de « mesdames de Montesquiou, de Montebello, de Bri- « gnolles, de Castiglione, etc., etc., sortit de ses appar- « ments et monta dans sa voiture.

« Lorsqu'on voulut y faire monter le jeune et bel en- « fant, il résista, versa des larmes et dit qu'il ne voulait « pas quitter le palais. J'étais près de lui et j'entendis « l'expression de sa petite colère..... A trois heures après- « midi, ce long cortége, que protégeait une escorte de « mille à douze cents hommes, arriva au palais de Ram- « bouillet. Le 2 avril on était à Blois. L'Impératrice des-

« cendit à l'hôtel de la préfecture, au milieu d'une haie « formée par la garde urbaine, par les troupes de la gar- « nison et par des détachements de la garde impériale « qui l'avaient précédée ou escortée. »

Ce fut du château de Blois que l'Impératrice adressa, le 7 avril 1814, une proclamation au peuple français. Ce fut le premier et le dernier acte public de sa puissance d'un jour. Cette proclamation est remplie des sentiments les plus généreux. Pourquoi donc Marie-Louise oublia-t-elle si vite ses propres paroles du château de Blois? Voici cette proclamation :

« Français,

« Les événements de la guerre ont mis la capitale au « pouvoir de l'étranger.

« L'Empereur, accouru pour la défendre, est à la tête « de ses armées si souvent victorieuses; elles sont en « présence de l'ennemi sous les murs de Paris.

« C'est de la résidence que j'ai choisie et des ministres « de l'Empereur qu'émaneront les seuls ordres que vous « puissiez reconnaître.

« Toute ville au pouvoir de l'ennemi cesse d'être libre; « toute direction qui en émane est le langage de l'étran- « ger, celui qu'il convient à ses vues hostiles de pro- « pager.

« Vous serez fidèles à vos serments; vous écouterez la « voix d'une princesse qui fut remise à votre bonne foi, « qui n'oubliera point qu'elle est Française, et qui fait sa « gloire d'être associée au souverain que vous avez « choisi.

« Mon fils était moins sûr de vos cœurs au temps de « nos prospérités. Ses droits et sa personne sont sous « votre sauve-garde.

« Signé, L'IMPÉRATRICE. »

Tandis que les souverains alliés faisaient leur entrée à Paris, après la capitulation qu'une héroïque résistance n'avait pu éviter, tandis que l'Impératrice quittait le château de Blois pour chercher à se rapprocher de l'Empereur et qu'elle arrivait à Grosbois, résidence du prince de Wagram, Napoléon occupait Fontainebleau entouré encore des glorieux débris de la garde. Il fallait céder aux décrets de la Providence. L'Europe tout entière s'était unie contre un seul homme; il avait fallu des millions de soldats et tout l'or, toute la haine de la Grande-Bretagne pour faire reculer le héros même abandonné. César aurait pu encore ranimer ses légions et lutter contre le monde, mais le César moderne, acceptant sa destinée et se résignant avec héroïsme au rôle de vaincu, voulait épargner le sang français. Puisque les souverains alliés avaient proclamé bien haut qu'ils n'en voulaient qu'à lui seul, il cédait le terrain et se retirait devant la force des événements et devant la volonté du ciel.

Dans la nuit du 2 au 3 avril, le duc de Vicence arrivait au château de Fontainebleau. Il venait annoncer à l'Empereur que les puissances alliées qui occupaient Paris refusaient de traiter avec lui et exigeaient son abdication. Une noble indignation monta au front de Napoléon, lui qui, après les grandes victoires d'Austerlitz, de Wagram, d'Iéna, avait poussé la générosité jusqu'à conserver à ces rois leurs couronnes; lui, vaincu à son tour, voyait ces mêmes rois repousser ses traités avec hauteur. Un moment il voulut recommencer la guerre et, par un effort suprême, vaincre ou mourir. Mais, autour de lui, que reste-t-il ? Quelques bataillons fidèles, quatre ou cinq généraux dévoués et de grands dignitaires mornes, découragés, ou plutôt impatients de l'abandonner. Alors, prenant courageusement une détermination, il écrivit d'une main rapide l'acte d'abdication que voici :

« Les puissances alliées ayant proclamé que l'empereur Napoléon était le seul obstacle au rétablissement de la paix en Europe, l'empereur Napoléon, fidèle à son serment, déclare qu'il est prêt à descendre du trône, à quitter la France et même la vie pour le bien de la patrie, inséparable des droits de son fils, de ceux de la régence, de l'Impératrice et du maintien des lois de l'empire.

« Fait en notre palais de Fontainebleau, le 4 avril 1814.

« NAPOLÉON. »

Caulaincourt, Ney, Macdonald, et même Marmont, furent chargés de porter cette abdication à Paris.

Par cet acte, Napoléon renonçait à l'empire, mais en réservant tous les droits de son fils. Cet acte était la transmission de la couronne à Napoléon II, en vertu des constitutions solennellement acceptées par le peuple français qui, dix ans auparavant, avait donné la couronne impériale à Napoléon, premier consul, par un plébiscite consacré par quatre millions de suffrages.

Napoléon II, à dater de ce moment, succédait à son glorieux père. Royauté éphémère, elle n'eut que quelques jours d'existence ! Les puissances alliées étaient souveraines en France; elles rejetèrent l'abdication; elles en exigèrent une autre, mais absolue, par laquelle Napoléon devait renoncer à la couronne pour lui et pour sa race. Le duc de Vicence revint à Fontainebleau, porteur de ce dernier et suprême *ultimatum*. Napoléon se résigna au joug de la nécessité.

C'est une page bien touchante de l'histoire du grand Empereur, que cette seconde abdication de 1814, si connue sous la dénomination populaire des *Adieux de Fontainebleau*.

Après l'acte d'abdication, des commissaires nommés par les puissances alliées devaient conduire Napoléon à l'île d'Elbe, qui lui avait été donnée en souveraineté. Souverain de l'île d'Elbe ! lui qui avait été l'empereur des deux tiers de l'Europe ! Le 20 avril, à midi, l'Empereur descendit dans la cour d'honneur du château, où il trouva des compagnies de la garde qui formaient la haie. Quelques fidèles lui étaient restés ; parmi eux nous citerons le duc de Bassano, le général Belliard et le général Petit. Les soldats avaient les larmes aux yeux. L'Empereur s'avança brusquement au milieu d'eux et, faisant un geste, il annonça qu'il voulait parler.

« Généraux, officiers, sous-officiers et soldats de ma « vieille garde, dit-il, je vous fais mes adieux ; depuis

« vingt ans je suis content de vous ; je vous ai toujours « trouvés sur le chemin de la gloire.

« Les puissances alliées ont armé toute l'Europe contre « moi ; une partie de l'armée a trahi ses devoirs, et la « France elle-même a voulu d'autres destinées.

« Avec vous et les braves qui me sont restés fidèles, « j'aurais pu encore entretenir la guerre civile pendant « trois ans, mais la France eût été malheureuse, ce qui « est contraire au but que je me suis proposé.

« Soyez fidèles au nouveau roi que la France s'est « choisi ; n'abandonnez jamais notre chère patrie, trop « longtemps malheureuse ! Aimez-la toujours, aimez-la « bien, cette chère patrie.

« Ne plaignez point mon sort ; je serai toujours heu- « reux lorsque je saurai que vous l'êtes.

« J'aurais pu mourir, rien ne m'eût été plus facile, « mais je suivrai toujours le chemin de l'honneur. J'ai « encore à écrire ce que nous avons fait.

« Je ne puis vous embrasser tous, mais j'embrasserai « votre général. Venez, général (il serra le général Petit « dans ses bras) ; qu'on m'apporte l'aigle, ajouta-t-il. Chère « aigle, que ces baisers retentissent dans le cœur de tous « les braves !... Adieu, mes enfants !... Mes vœux vous « accompagneront toujours. Conservez mon souvenir. »

A ces mots, les sanglots des soldats éclatèrent ; tout ce qui entourait l'Empereur fondit en larmes, et lui, non moins ému, s'arracha à cette scène déchirante en se jetant dans une voiture où le général Bertrand était déjà placé. Le signal du départ fut immédiatement donné. Napoléon s'éloigna de Fontainebleau, accompagné du grand maréchal, des généraux Drouot et Cambronne et de quelques autres personnes, qui voulurent s'associer à la fidélité de ces braves guerriers (1).

Marie-Louise, à Rambouillet, avait reçu la visite des souverains de l'Autriche et de Russie. M. de Beausset donne quelques détails sur l'entrevue qu'elle eut avec son père. Nous le laisserons parler :

« Marie-Louise, dit-il, suivie de son fils, des dames « qui ne l'avaient point quittée et des officiers de sa mai- « son, descendit jusqu'aux dernières marches de la porte « du palais de Rambouillet. La calèche de l'empereur « d'Autriche s'y arrêta. Ce prince s'empressa de des- « cendre, et, lorsqu'il fut arrivé près d'elle, l'Impéra- « trice prit son fils des mains de la comtesse de Montes- « quiou et le plaça vivement dans les bras de son grand- « père avant d'avoir reçu elle-même ses premiers em- « brassements. Ce mouvement produisit une émotion « visible dans les traits de l'empereur François. Malheu- « reusement le prince de Metternich était avec son « maître ; la politique étouffa les sentiments de la na- « ture ; il était décidé qu'elle retournerait en Autriche, « c'est-à-dire que le divorce de sa nationalité serait con- « sommé avant qu'on lui permît de prendre possession « de ses duchés d'Italie. »

Ne soyons pas trop sévères pour Marie-Louise, pra respect surtout pour la mémoire de Napoléon, son époux. Elle méconnut le grand rôle qu'elle avait à remplir ; elle faiblit et s'effraya peut-être devant cette mission magni-

(1) Histoire de Napoléon. (LAURENT de l'Ardèche.)

fique que la Providence lui donnait ; elle aurait pu rester une des plus belles et une des plus grandes figures historiques de son époque, et, pour cela, elle n'avait qu'à rester mère et épouse. Nous savons une autre impératrice qui, en pareille occasion, eût été l'admiration du monde. Mais enfin, paix à sa mémoire, et d'ailleurs rappelons-nous que cette faible femme fut entourée, dès l'abdication de l'Empereur, des plus habiles et des plus tenaces ennemis de la nation française.

Le 2 mai, l'impératrice Marie-Louise avait quitté la France pour se rendre en Autriche. Elle emmenait avec elle le roi de Rome.

IV.

Arrivée de Marie-Louise en Autriche. — Séjour à Schœnbrünn. — Le peuple de Vienne. — Les eaux d'Aix.

L'Impératrice passa le Rhin entre Huningue et Bâle. Elle avait amené de France une suite assez nombreuse. A Bâle, il fallut dire adieu à bien des serviteurs dévoués qui n'avaient pas reçu de l'Autriche l'autorisation d'accompagner leur souveraine en Allemagne. Ce fut à Bâle que le roi de Rome s'écria, en versant des larmes : « Ah ! je vois bien que je ne suis plus un roi ; mon « grand-papa m'a retiré mes pages. »

Le voyage de Marie-Louise à travers les Etats de son père fut remarquable par l'empressement des populations avides de la revoir. Elle passa dans le Tyrol et elle arriva à Insprück, où elle logea au vieux château impérial qui rappelait tant de souvenirs de la maison d'Autriche et surtout de Marie-Thérèse. Parmi les portraits d famille, il y en avait un de Joseph II à l'âge de dix ou onz ans, qui offrait un singulier caractère de ressemblanc avec le roi de Rome. « En examinant les traits de c « royal enfant, dit M. de Beausset, nous fûmes frappé « de leur ressemblance avec ceux du jeune Napléon II « Sa Majesté partagea mon opinion et fit demander so « fils ; je le soulevai à la hauteur du tableau pour rendr « la comparaison plus facile, et dès lors cette ressem « blance ne fut plus douteuse. Le roi de Rome paru

« médiocrement satisfait de ressembler à un empereur « d'Autriche ; il dit, d'un air chagrin, à madame de « Montesquiou : « On m'avait toujours dit que je res- « semblais à mon père. »

Le comte de Trautmansdorff, grand écuyer de l'empereur, vint recevoir Marie-Louise à la frontière ; l'impératrice d'Autriche accourut au-devant d'elle aux environs de Schœnbrünn où l'attendaient la famille impériale et la cour.

Cette belle résidence devait tout son éclat à Marie-Thérèse, qui en fit son séjour habituel et de prédilection.

En y arrivant, Marie-Louise, il faut l'avouer, retrouva toutes ses sympathies. Elle y redevint Autrichienne. Oui, sans doute, et l'empereur son père pouvait bien se dispenser de lui dire en la recevant : « Comme ma fille, « tout ce que j'ai est à toi, même mon sang et ma vie ; « comme souveraine, je ne te connais pas. »

Comparons donc ce langage de François II avec celui qu'il tenait à sa fille cinq ans auparavant, dans ce même château, lorsqu'il était si fier de la donner pour épouse au grand Empereur qui lui avait rendu Vienne après la bataille de Wagram et le traité de paix.

Dès son arrivée à Schœnbrünn, Marie-Louise établit avec la plus grande simplicité le service de sa maison. Elle avait rêvé toute sa vie les douceurs de la vie privée. Là elle put réaliser son rêve.

Il fallut cependant se séparer de quelques *fidèles* qui avaient obtenu la permission de l'accompagner. Ce fut avec un sentiment de sensibilité vraie qu'elle dit adieu à la duchesse de Montebello, à MM. de Saint-Aignan et Corvisart. Il ne resta auprès d'elle que madame de Brignolles, MM. de Beausset et de Méneval et cette excellente madame de Montesquiou (maman *Quiou*), si tendrement dévouée au roi de Rome. L'appartement du jeune prince était situé tout près de celui de sa mère; ils communiquaient par une galerie.

Chaque matin on amenait l'enfant à sa mère; il jouait dans son appartement pendant que Marie-Louise dessinait, faisait de la musique ou étudiait la langue italienne. Mais le jeune prince ne quittait jamais, dans ce temps-là encore, sa bonne gouvernante, madame de Montesquiou. La position de cette excellente femme devenait vraiment fort embarrassante : c'était par le choix de l'empereur Napoléon qu'elle avait été placée au poste qu'elle occupait près du roi de Rome. Elle avait eu toute la confiance de l'Empereur. Sa présence à Schœnbrünn devait nécessairement inspirer une certaine défiance à la cour d'Autriche et surtout au prince de Metternich, dont la politique etait irréconciliable avec tout ce qui touchait de loin ou de près à la personne de Napoléon. Madame de Montesquiou se résignait et persévérait à remplir jusqu'au bout sa noble mission.

Marie-Louise à Schœnbrünn oubliait facilement le séjour de France et de si chers et si glorieux souvenirs. Elle cherchait à se faire une vie de son goût, invitant ses anciens amis à partager ses plaisirs et ses fêtes intimes. Un de ses grands bonheurs était de monter à cheval et de parcourir le magnifique parc de la résidence impériale et les environs. Les habitants de Vienne lui témoignaient un touchant intérêt. Le dimanche, pour la voir, le peuple se rendait avec empressement au château qu'elle habitait. On se plaisait à la croire plus sensible qu'elle n'était, et on lui supposait des regrets immenses. Le peuple, en général, voit en imagination les plus belles choses du monde; il se crée un idéal, surtout quand il s'agit des infortunes des grands de la terre.

Cependant on avait promis à Marie-Louise la souveraineté des Etats de Parme. Elle avait accepté avec joie cette petite royauté en dédommagement de la plus belle couronne du monde. Son fils ne portait plus, à cette époque, que le titre de prince de Parme. Elle devait être archiduchesse souveraine de ce joli duché. Mais, avant de quitter Schœnbrünn, elle demanda à aller prendre les eaux à Aix en Savoie, ce qui lui fut refusé d'abord et ensuite accordé.

Ici nous touchons à un sujet délicat. Comment pourrions-nous justifier Marie-Louise de sa liaison, qui date de son séjour à Aix, avec ce comte de Neupperg, si peu digne de remplacer dans son cœur le héros dont elle était encore l'épouse légitime? Aussi ne chercherons-nous pas à justifier Marie-Louise d'Autriche; nous déplorerons ses sentiments, et puisque, par la suite, après la mort de Napoléon, elle légitima par un mariage ses relations avec le comte de Neupperg, nous la plaindrons d'avoir consenti à descendre de si haut, et nous le lui pardonnerons en songeant à quel point elle fut humiliée, même par sa propre faute! La veuve de Napoléon n'est plus: paix à sa mémoire. Tant de grandeur écroulée désarme la critique et impose silence au blâme le plus légitime.

On dit que la cour de Vienne, et surtout le prince de Metternich, préparèrent cette intrigue et que ce fut à leur instigation que le général comte de Neupperg se chargea du rôle qu'il commença à jouer à Aix, rôle peu digne d'un militaire et d'un gentilhomme, puisqu'il ne tendait à rien moins qu'à compromettre la réputation d'une femme et à la faire dévier des droits sacrés qu'elle avait à remplir envers son époux, ce glorieux exilé, et envers son enfant. Mais, encore une fois, nous nous abstiendrons de toute récrimination. Blâmer les morts avec trop de sévérité, c'est presque les injurier

---

V.

Le congrès de Vienne. — La nouvelle du retour de l'île d'Elbe. — Dissolution du congrès. — Marie-Louise. — Le Roi de Rome. — Séparation du Roi de Rome et de madame de Montesquiou.

Le congrès des puissances qui se tenait à Vienne pour régler les affaires de l'Europe, était plutôt une brillante réunion de rois et de princes occupés de fêtes et de plaisirs qu'une assemblée diplomatique occupée de graves intérêts. Les affaires n'avançaient pas; mais, en revanche, les spectacles et les bals se succédaient sans interruption. C'est ce qui donna lieu à un mot du prince de Ligne, si riche du reste en bons mots de ce genre: « Le congrès, » disait le prince, « ne marche pas, il danse. »

L'empereur et l'impératrice de Russie étaient du nombre des souverains réunis à Vienne. La cour d'Autriche se ruinait pour eux en divertissements luxueux: des fêtes superbes leur furent données et ces fêtes avaient une signification bien précise; c'était le triomphe de la coalition sur la France que l'on célébrait ainsi. Beau passe-temps quand il s'agissait de s'occuper des intérêts des peuples.

Après quelques mois de séjour à Aix, Marie-Louise retourna à Schœnbrünn, auprès du roi de Rome, dont l'état, soit physique, soit intellectuel, n'avait aucunement souffert de l'absence de sa mère. Elle arriva tout juste la veille de la fête de l'empereur son père. On la présenta à l'impératrice de Russie.

« A son retour à Schœnbrünn, dit Méneval, Marie-Louise ne trouva de véritable bienveillance pour elle et pour son fils qu'auprès de son père et de ses sœurs : le reste de la famille impériale ne portait pas à cet enfant l'intérêt dû à son âge et à sa position.

« L'impératrice mère et ses beaux-frères ne parlaient de rien moins que de faire de lui un évêque : l'empereur était quelquefois obligé de leur imposer silence. Ces sentiments hostiles contre l'empereur Napoléon et contre son fils étaient partagés par cette foule d'agents subalternes et de publicistes de bas étage que la curée des dépouilles de l'empire français attirait à Vienne; ils trouvaient un écho dans une certaine classe de Viennois.

« Ma plus douce distraction, à cette époque, poursuit M. de Méneval, consistait à passer quelques heures dans l'appartement du jeune prince. Sa gentillesse, sa douceur, la vivacité de ses reparties étaient pleines de charmes; il avait alors près de quatre ans; il était fort, bien constitué, d'une santé excellente; sa chevelure blonde, touffue et bouclée, encadrait un visage frais, dont les traits réguliers étaient animés par de beaux yeux bleus. Il avait une intelligence précoce, et son instruction dépassait celle des enfants de son âge. Madame de Montesquiou, qui ne le quittait pas, même la nuit, et qui le soignait avec la sollicitude d'une mère, se levait tous les jours à sept heures et commençait, aussitôt après la prière, ses leçons quotidiennes.

« Le jeune prince, non seulement lisait couramment, mais savait même un peu d'histoire et de géographie; les premières connaissances élémentaires lui étaient déjà familières. L'abbé Lanti, aumônier de la légation française, venait causer avec lui en italien; un valet de chambre ne lui parlait qu'allemand. L'enfant se faisait déjà comprendre dans ces deux langues; mais il éprouvait la plus grande répugnance à s'exprimer dans cette dernière langue. »

S'il faut en croire le témoignage de certaines personnes, Marie-Louise refusait d'aller rejoindre son mari à l'île d'Elbe, malgré les pressantes sollicitations de Napoléon; même elle ne tarda pas à cesser de lui écrire. On ajoute qu'elle ne recevait pas une lettre de lui sans la remettre à son père.

« Peu de temps après le retour de Schœnbrünn, dit e baron de Méneval, d'où j'envoyais à l'Empereur des nouvelles de l'Impératrice et de son fils, je demandai à Marie-Louise une lettre pour la joindre à la mienne, j'appris alors que le prince de Metternich, dans une longue audience qu'elle avait accordée à ce ministre; avait exigé d'elle la promesse de n'entretenir aucune correspondance avec l'Empereur sans l'assentiment de son père, et de lui remettre les lettres qu'elle recevrait. L'Impératrice ajouta que c'était bien contre son gré qu'elle s'était soumise, en désespoir de cause, à cette cruelle nécessité. »

Un jour, au retour d'une des visites journalières qu'elle faisait au Palais-Impérial à Vienne, elle en rapporta une lettre de l'empereur Napoléon, en date du 20

novembre, que son père lui avait remise. L'Empereur se plaignait du silence de l'Impératrice et la priait de lui donner de ses nouvelles et de celles de son fils. Cette lettre était depuis quatre jours entre les mains de l'empereur d'Autriche. Elle avait été sans nul doute communiquée aux souverains, car c'était dans ces intentions et pour prouver sa bonne foi aux alliés que l'empereur François avait exigé de sa fille la remise des lettres que lui adressait son époux. L'Impératrice ne fit aucune réponse, attendu que la permission ne lui était pas accordée.

Mais voici que, pendant que le congrès s'oubliait dans les délices des fêtes et savourait avec tant de complaisance les enivrements de la victoire, voici qu'une terrible nouvelle éclata comme un coup de foudre par un temps serein.

Le 7 mars, dans la journée, on apprit à Vienne que Napoléon, à la tête de ses braves, s'était embarqué à Porto-Ferrajo et qu'il avait échappé à la croisière anglaise.

Cette nouvelle, arrivée par le Piémont, se répandit à Vienne et dans tous les environs avec une incroyable rapidité. Le congrès des souverains et des plénipotentiaires en resta stupéfait. Cette consternation dura quelques heures ; elle fut suivie d'une agitation extrême. L'empereur Alexandre se montrait exaspéré. Dans le premier moment d'épouvante, chacun songea à la fuite. Il semblait que Napoléon, à la tête de sa brillante armée de 1809, marchait sur les rives du Danube, et déjà on croyait entendre le bruit du canon français assiégeant

Vienne. Il est vrai que l'écho de cette capitale pouvait très-bien avoir retenu quelque chose de ce bruit formidable.

L'impératrice de Russie trouva prudent de partir pour Munich. Plusieurs belles princesses l'imitèrent et se hâtèrent de regagner leurs Etats. C'était comme une volée de cygnes effarouchée par l'arrivée d'un aigle.

L'aigle, en effet, s'était élevé du rocher de l'île d'Elbe, et nul ne savait encore où il irait s'abattre.

L'empereur d'Autriche avait quelques raisons de croire que Napoléon débarquerait sur les côtes d'Italie, sur le littoral de Gênes ou de Toscane. En conséquence, il expédia courriers sur courriers pour faire mettre en marche des troupes pour secourir le grand-duc de Florence et le roi de Sardaigne. D'autres pensaient que Napoléon se dirigerait sur Naples pour rejoindre Murat, et qu'à la tête d'une armée napolitaine, ils se mettraient en marche à travers l'Italie pour arriver aux Alpes. Là, Napoléon franchissant les montagnes, mettrait le pied sur la frontière, en Dauphiné ou en Franche-Comté, où des régiments dévoués devaient l'attendre.

Les bruits les plus contradictoires se succédaient rapidement, lorsque tout à coup, au milieu de cette confusion, arriva la nouvelle officielle du débarquement près de Cannes sur les côtes de Provence.

Pour le coup, la panique n'eut plus de bornes. Le congrès fut dissous, et chaque souverain, chaque ambassadeur reprit la route de ses Etats après avoir signé une nouvelle coalition européenne contre l'empereur Napoléon. Le duc de Wellington et M. de Metternich se chargèrent de cette énorme affaire. Il s'agissait de soulever en masse les populations et de réorganiser une armée dont l'effectif dépasserait un million d'hommes.

Le 20 mars, après une marche triomphale à travers la France, Napoléon entrait aux Tuileries, et le bataillon de la vieille garde qui l'avait amené de l'île d'Elbe bivouaquait dans la cour du château.

Ce fut à peu près à cette époque que le manifeste des puissances coalisées parut dans tous les journaux de l'Europe. Voici ce manifeste :

« Les puissances qui ont signé le traité de Paris, réu-
« nies en congrès à Vienne, informées de l'évasion de
« Napoléon et de son entrée à main armée en France,
« doivent à leur propre dignité et à l'intérêt de l'ordre
« social une déclaration solennelle des sentiments que
« cet événement leur a fait éprouver.

« En rompant la convention qui l'avait établi à l'île
« d'Elbe, Bonaparte a détruit le seul titre légal auquel
« son existence se trouvait attachée.

« En reparaissant en France avec des projets de trou-
« bles et de bouleversements, il s'est privé lui-même de
« la protection des lois, et a manifesté à la face de l'u-
« nivers qu'il ne saurait y avoir ni paix ni trêve avec
« lui.

« Les puissances déclarent, en conséquence, que
« Napoléon Bonaparte *est placé hors des relations civiles*
« *et sociales, et que, comme ennemi et perturbateur du*
« *monde, il s'est livré à la vindicte publique.* »

Revenons maintenant à la cour de Vienne, ou plutôt au château de Schœnbrünn.

La nouvelle de l'arrivée de l'Empereur en France jeta Marie-Louise dans de terribles perplexités. S'il faut en croire certains historiens, elle faisait des vœux pour le succès de la cause impériale. Dans le premier moment elle crut Napoléon perdu et elle céda à un bon mouvement d'attendrissement. Rassurée pour les jours de son époux et par les triomphes de sa marche sur Paris, elle se trouva dans un grand embarràs sur la conduite qu'elle avait elle-même à tenir en cette circonstance. Elle était certainement très-surveillée par l'empereur François, son père, qui s'était énergiquement prononcé dans la question de guerre européenne contre la France. Malgré tout cela, elle sembla un moment se prononcer, et elle dit un jour à son secrétaire des commandements que si l'Empereur renonçait à ses projets de conquêtes, et voulait régner paisiblement, elle avait toute raison de croire que son retour en France, à elle, n'éprouverait aucun obstacle, et elle ajoutait qu'elle n'aurait pas de répugnance à y reparaître, *parce qu'elle avait toujours eu du goût pour les Français.*

C'était peu, sans doute; mais pour Marie-Louise, nature timide, indécise, et dont les sentiments étaient fort variables, cette demi-résolution pouvait être comptée pour quelque chose. Chez cette femme, le premier élan n'était pas mauvais; mais chez elle, la réflexion, l'égoïsme et les influences gâtaient tout très-promptement.

Le roi de Rome avait-il surpris la vérité sur les événements de France au milieu des conversations, très-prudentes du reste, qui avaient lieu à Schœnbrünn, ou bien, un ami mystérieux lui avait-il révélé l'arrivée triomphale de son père à Paris? C'est ce qui ne sera jamais éclairci. Mais ce qu'on peut affirmer, c'est que dans cette circonstance on put remarquer dans cet enfant une certaine fierté qui ne lui était pas habituelle. Ses réponses, ses regards et toutes ses manières annonçaient une vive préoccupation et une assurance. Au fond l'enfant éprouvait une joie qu'il n'osait révéler et un espoir qu'il aurait voulu pouvoir communiquer.

On raconte qu'un jour, après avoir fait sa prière selon l'usage, il se retourna vers madame de Montesquiou et lui demanda d'un air attendri, mais avec un regard d'intelligence auquel on ne pouvait se méprendre, de recommencer cette prière. Il fut compris, et madame de Montesquiou s'agenouillant de nouveau, pria avec lui. Puis le cher et noble enfant se jeta en pleurant dans les bras de sa gouvernante.

Cependant les hésitations de Marie-Louise devaient avoir un terme. Son père qui lui avait concédé la souveraineté du grand-duché de Parme et l'hérédité de cette principauté pour son fils, demandait impérieusement qu'elle se prononçât contre le retour de l'empereur Napoléon en France et qu'elle renonçât à tout jamais à rejoindre son époux. Marie-Louise céda et elle écrivit une lettre officielle à M. le prince de Metternich dans laquelle elle déclarait d'une manière formelle, absolue, qu'elle était étrangère aux actes de Napoléon et qu'elle se plaçait sous la *haute protection des souverains alliés.*

Dès ce moment-là, tout fut rompu entre elle et l'Empereur. En vain Napoléon avait-il réclamé à diverses reprises et avec instance le retour auprès de sa personne de l'Impératrice et de son fils. On fut insensible à cet appel de l'époux, du souverain et du père. Marie-Louise, en échange de la couronne de l'empire français pour elle et pour le roi de Rome, acceptait le duché de Parme et se déclarait étrangère à la France.

Restait une question très-grave à résoudre, très-grave du moins aux yeux du cabinet de l'Autriche. Madame de Montesquiou devait-elle continuer à diriger l'éducation du jeune Napoléon? On ignore si Marie-Louise soutint le droit qu'elle avait en sa qualité de mère de choisir la gouvernante de son enfant. Ce qui est certain, c'est qu'elle céda sans résistance apparente aux volontés du cabinet de Vienne.

Ce fut précisément le 20 mars, le jour même où Napoléon entrait aux Tuileries, que le grand chambellan de l'empereur d'Autriche se présenta à Schœnbrünn, chez madame de Montesquiou, en lui annonçant la mission qu'il avait à remplir auprès d'elle. Il lui communiqua l'ordre formel de se séparer de son élève et de partir pour la France. Madame de Montesquiou se récria contre cet acte d'un arbitraire qui tenait de la cruauté. Le comte de Werbna, chercha à calmer sa douleur par les plus douces paroles, mais il lui répéta plusieurs fois que l'ordre était irrévocable et qu'elle eût à se préparer à quitter Schœnbrünn dans les quarante-huit heures. Alors l'excellente femme eut recours aux larmes, aux prières. Il fallut obéir et embrasser pour la dernière fois le cher enfant qu'elle avait reçu à sa naissance, et qu'elle n'avait pas quitté un seul jour depuis quatre ans. Toutefois comprenant la responsabilité qui l'engageait vis-à-vis Napoléon et vis-à-vis la France, madame de Montesquiou déclara qu'elle ne céderait que sur un ordre écrit par l'empereur d'Autriche lui-même. Cette notification lui fut apportée dans la journée même. Alors elle protesta elle-même par un écrit authentique, déclarant qu'elle cédait à la force. Puis elle fit constater par un médecin et par une déclaration écrite et signée de plusieurs témoins qu'elle remettait en parfaite santé, entre les mains de l'empereur d'Autriche, le fils de Napoléon et de Marie-Louise, dont la personne et l'éducation lui avaient été confiées. Cela fait, elle serra dans ses bras le cher enfant qu'on fut obligé d'enlever, et qui sanglotait et jetait des cris.

Le roi de Rome fut amené à Vienne au Palais-Impérial. Marie-Louise suivit son fils. Le lendemain, madame de Montesquiou quittait le château de Schœnbrünn et se mettait en route pour retourner en France, où, du reste, elle n'arriva pas sans obstacles par des causes qu'il serait inutile de rapporter ici.

VI.

Mort de l'impératrice Joséphine. — Campagne de France. — Départ pour Sainte-Hélène. — Éducation du duc de Reichstadt à Vienne.

Pour ne pas interrompre notre récit, nous n'avons pas fait mention en son lieu de la mort de l'impératrice Joséphine, qui, restée en France après la chute de l'empire, ne put survivre à ce grand désastre, et surtout qui ne put supporter l'idée de savoir Napoléon banni et malheureux à l'île d'Elbe. Cette noble femme eût voulu le suivre dans son exil, si de hautes convenances et surtout le refus formel des puissances ne s'étaient opposés à cette nouvelle preuve de dévouement. Joséphine, blessée au cœur depuis son divorce, eût supporté peut-être encore quelque temps son malheur avec cette dignité sereine et cette résignation angélique qui étaient dans son caractère. Mais rien ne sembla plus l'attacher à la vie quand celui qu'elle avait tant aimé perdait son trône et survivait à sa gloire.

Retirée à Rueil, vivant dans une solitude absolue, elle se trouva comme livrée sans défense à l'action corrosive du chagrin. Sa nature délicate ne put résister. Elle écrivit à Napoléon une dernière lettre d'adieu et, prenant en quelque sorte congé de lui, elle s'éteignit paisiblement, allant attendre dans le ciel celui qu'elle avait chéri d'une tendresse exclusive, celui à qui elle avait beaucoup pardonné et qu'elle allait encore protéger, au sein de Dieu. Cette âme douce et charmante avait accompli sa mission sur la terre, elle s'envola comme un ange affligé.

Les derniers moments de Joséphine furent adoucis par les consolations ineffables de la religion ; et cependant, tout entière à Dieu, elle eut encore un dernier retour vers la terre, car, dans les suprêmes accès de ce délire qui est l'agonie, on l'entendit s'écrier : « L'île d'Elbe !... Napoléon !... me voilà ! me voilà ! » Elle mourut le 29 mai 1814.

Après trente-huit ans, l'image de cette grande et ravissante figure est encore vivante dans tous les cœurs. Jetons des fleurs à pleines mains sur cette tombe auguste. Joséphine aima la France avec passion, la France l'aimera et la vénérera toujours.

Revenons aux événements politiques.

Après deux victoires successives, la bataille de Fleurus, gagnée le 15 juin sur les Prussiens, et la bataille de Ligny, où l'armée prussienne et l'armée anglaise furent brisées et mises en fuite, Napoléon vit sa fortune l'abandonner à Waterloo. La journée fut magnifique pour les Français, jusqu'à quatre heures du soir ; l'ennemi était battu sur tous les points, lorsqu'une méprise du maréchal Grouchy changea notre victoire en déroute. La garde mourut et ne se rendit pas. Ses débris se replièrent sur les routes de Paris.

Le bruit de cet immense désastre se répandit aussitôt dans toute l'Europe. On sait comment, retiré à l'Elysée, Napoléon refusa de se remettre à la tête des régiments qui lui restaient pour disputer encore sa couronne aux ennemis coalisés. On sait comment, après avoir poussé la confiance jusqu'à demander asile au plus constant et au plus *généreux* de ses ennemis, au régent d'Angleterre, il trouva la captivité sur un vaisseau anglais, là où, selon son expression, il avait cru (comme Thémistocle chez les Perses) être venu s'asseoir au foyer britannique.

Nous ne suivrons pas ce navire, *le Bellérophon*, emportant le grand homme à travers l'Océan, pour le jeter sur le rocher de Sainte-Hélène. La postérité a prononcé sur cette vengeance calculée et sans merci de l'Angleterre, qui rappelle la politique impitoyable de Carthage.

Napoléon, avant de quitter la France, avait abdiqué une seconde fois en faveur de son fils Napoléon II. Cette abdication eut le sort de la première. Le vainqueur n'en tint compte, et d'autres destinées furent faites à la France.

Quand la nouvelle du désastre de Waterloo et de l'embarquement de l'empereur Napoléon arriva à Vienne, la situation du roi de Rome fut complétement changée. Cet enfant, qui pouvait, quelques jours auparavant, redevenir encore l'héritier d'un grand empire, n'était plus, après la défaite de son père, qu'un pauvre petit prince destiné à vivre obscur et humble à la cour d'Autriche. Sa mère avait accepté le duché de Parme. Elle en portait le titre; elle jouissait des revenus de sa nouvelle principauté; mais, dès ce moment-là, il fut permis de douter qu'elle pût jamais transmettre à son enfant cet héritage princier. L'événement ne confirma que trop cette prévision.

Une gouvernante autrichienne, Madame Metrowsky, veuve d'un général, avait remplacé auprès de l'enfant sa mère d'adoption, Madame de Montesquiou. Marie-Louise avait quitté la cour de Vienne. Elle résidait à Parme et ne faisait à son fils que de rares visites. Hélas! le nom même de Napoléon fut retiré au roi de Rome, à plus forte raison cessa-t-on de lui donner ce dernier titre. Nous verrons bientôt comment, par un décret de l'empereur d'Autriche, on lui conféra le titre tudesque de duc de Reichstadt et la qualification d'*altesse sérénissime*.

L'empereur François II et M. de Metternich ne trouvèrent rien de mieux que de confier la direction supérieure de l'éducation du jeune prince au comte de Diédrichstein, un très-honnête homme sans donte, un grand seigneur, nous n'en doutons pas, mais un parfait Autrichien. A Dieu ne plaise que, par cette dernière qualification, nous cherchions à amoindrir l'honorabilité du comte! Nous constatons seulement un fait regrettable pour la dignité du gouvernement de l'Autriche, qui pouvait se montrer généreux en donnant un gouverneur français au fils de Napoléon, et qui ne le fit pas. Plus tard, quand l'enfant eut atteint sa huitième année, on attacha à sa personne le capitaine Foresti pour l'enseignement militaire, et M. Collin pour les études classiques. Ce dernier eut pour successeur, dans cette charge, le baron d'Obenaus, choisi par M. de Metternich lui-même.

Nous passerons rapidement sur les détails de cette

première éducation donnée à l'enfance; détails du reste qui n'ont rien de saillant et qui même, il faut être franc avant tout, ne pourraient être certifiés par des preuves à l'appui. Si la vie du roi de Rome fut en quelque sorte voilée de mystère à son adolescence, à plus forte raison serait-il impossible de préciser ce qui fut particulier à ce prince quand il n'était encore qu'un enfant. Il était élevé à la cour de Vienne sous l'œil rigide et intelligent du prince de Metternich, qui croyait important de chercher à effacer autant que possible le souvenir de cet enfant. Il connaissait mieux que personne les sentiments restés dans le cœur des nombreux partisans de l'empire.

M. de Metternich était de ceux qui croyaient la cause napoléonienne très-vivante encore en France. Sa vigilance sur l'éducation du prince dont il est ici question en est une preuve irrécusable. Comme tous les grands esprits, il voyait de haut et il prévoyait de loin.

Il est fort curieux de remarquer qu'un des biographes les plus soigneux et les plus sincères de la vie du fils de Napoléon ait été un ancien ministre du roi Charles X. M. le comte de Montbel a fait preuve en cela, comme en bien d'autres choses, d'une grande loyauté de caractère. Nous lui devons les détails les plus intéressants touchant la vie privée du roi de Rome, que nous appellerons désormais le duc de Reichstadt, pour nous conformer à l'usage et pour éviter toute confusion. Nous emprunterons donc au comte de Montbel quelques pages de son bel ouvrage. C'est un Français d'un cœur noble, d'un esprit fin et supérieur, qui nous racontera ses souvenirs et ses impressions. Il nous sera doux de l'écouter. M. de Montbel est d'autant plus digne de créance que le tendre intérêt que lui inspira la mélancolique et noble figure dont il fut le peintre et l'historien, n'affaiblit pas en lui sa foi politique et n'altéra jamais sa fidélité pour le roi exilé, dont il avait embrassé la cause et partagé l'exil.

Les détails suivants sont le résultat des renseignements que M. de Montbel recueillit de ses conversations avec M. le capitaine Foresti, un homme des plus honorables et chargé de l'éducation militaire du duc Reichstadt :

« L'enfant, à l'âge de cinq ans, était remarquablement beau : ses mouvements avaient de la grâce et de la gentillesse ; il parlait parfaitement et avec cet accent particulier aux habitants de Paris. Ses professeurs (MM. Collin et Foresti) prenaient plaisir à l'entendre exprimer, dans le langage naïf de son âge, des pensées et des observations d'une extrême justesse.

« Il était nécessaire qu'il s'habituât de bonne heure à l'usage de la langue allemande ; il devait l'entendre beaucoup parler autour de lui ; il fallait donc qu'il fût bientôt en état de ne rester étranger ni à ce qu'on pouvait dire en sa présence ni aux moyens d'instruction qui devaient en résulter. Mais, quand nous voulûmes essayer de lui faire prononcer quelques mots allemands, dit M. Foresti, il opposa une volonté négative, déterminée comme une résistance désespérée : on eût dit qu'en parlant cette langue, il craignait d'abdiquer sa qualité de Français. Il soutint, fort longtemps pour son âge, cette résolution, qui dut céder enfin. Alors il apprit l'allemand avec une prodigieuse facilité; il le parla bientôt dans la famille impériale. C'était une satisfaction réelle d'assister au travail facile de cette jeune imagination. Les fautes mêmes qu'il commettait fréquemment décelaient une vive intelligence et une véritable réflexion. Il s'appuyait sur des analogies, sur des observations étymologiques fort ingénieuses; il y avait déjà dans cette jeune tête une faculté logique très-intéressante à observer.

« Les enseignements qu'il avait reçus jusque-là de madame la comtesse de Montesquiou ne l'avaient pas soumis aux fatigues de l'étude. C'est moi, continue M. Foresti, qui me chargeai du soin assez pénible de lui montrer à lire; il avait de l'aptitude, assez de docilité; mais souvent il se glissait entre mes jambes pour échapper à l'ennui des leçons. Afin de donner à son travail plus d'attrait et d'activité, un jeune enfant, Emile Gobereau, venait partager ses études : c'était le fils d'un valet de chambre de Marie-Louise. Je leur enseignais à lire à tous deux ensemble : l'émulation qui résultait de la simultanéité des leçons fit faire de rapides progrès à mon élève.

« Il montrait dès lors les qualités distinctives de son caractère. Bon pour les subalternes, ami de ses gouverneurs, mais sans démonstration vive, il obéissait par conviction; mais presque toujours il commençait par essayer de la résistance. Il aimait à produire de l'effet. Du reste, il recevait nos réprimandes avec fermeté; et, quelque mécontentement qu'il en éprouvât, jamais il ne conservait de rancune; il finissait toujours par convenir de la justesse des représentations qu'on lui avait faites.

« A un âge si tendre, il possédait déjà un grand empire sur lui-même. Jusqu'au départ de Marie-Louise pour ses Etats de Parme, il conserva près de lui une femme qui le soignait avec une affection au-dessus de tout éloge. Madame Marchand (dont nous avons déjà parlé) restait la nuit auprès de l'enfant, qui, le matin, était accoutumé à recevoir ses caresses empressées; c'était elle qui assistait à son réveil et qui était chargée du soin de l'habiller; aussi elle recevait chaque jour ses premières paroles. Au départ de Marie-Louise, madame Marchand retourna en France en même temps que M. le comte de Beausset, qui avait aussi beaucoup d'affection pour le jeune prince. Dès ce moment je passai les nuits dans sa chambre. La première fois, je craignis qu'à son réveil il ne se livrât au vif chagrin de l'enfance en ne retrouvant plus près de lui celle qu'il était accoutumé à revoir chaque matin. En s'éveillant il s'adressa à moi sans hésiter et me dit, avec un calme étonnant pour son âge : « Mon-« sieur de Foresti, je voudrais me lever. »

« Il y avait dans son caractère un trait distinctif : il ne pouvait tolérer la pensée qu'on voulût le tromper; aussi il détestait les contes et les fables. La morale ne pouvait pas recourir à ce moyen pour le persuader; il restait insensible à ce genre de narration. « C'est faux, » disait-il; « à quoi cela est-il bon? »

« Ses souvenirs étaient restés assez distincts relativement à la situation brillante où il s'était trouvé en France. Il y pensait et souvent il en était occupé. Il n'ignorait pas qu'on l'avait appelé roi, et que son père était un grand homme. Un jour, dans une réunion de la famille impériale, un des archiducs lui montra une de ces petites médailles d'or qu'on avait frappées à l'époque de sa naissance et qui furent distribuées au peuple après la cérémonie de son baptême; son buste y était représenté. On lui demanda : « Savez-vous quelle est cette image? « — C'est moi, répondit-il sans hésiter, quand j'étais roi « de Rome. »

« Un jour il demandait naïvement à l'empereur d'Autriche ce que c'était qu'être roi de Rome; à quoi l'empereur répondit : « Mon enfant, quand vous serez plus âgé, « il me sera plus facile de vous expliquer cela: pour le « moment, je me bornerai à vous dire qu'à mon titre « d'empereur d'Autriche je joins celui de roi de Jérusa- « lem, sans avoir aucune sorte de pouvoir sur cette ville. « Eh bien! vous étiez roi de Rome comme je suis roi de « Jérusalem. »

Un peintre français, M. Hummel, fut appelé à Vienne en 1816, afin de faire le portrait du jeune prince. Pour captiver son attention, il le fit causer. « Je veux être soldat, disait le prince, pendant que l'artiste retraçait ses traits sur la toile ; je me battrai bien ; je monterai à l'assaut. — Mais, monseigneur, lui dit M. Hummel, vous trouverez les bayonnettes des grenadiers qui vous repousseront, qui vous tueront peut-être. — Est-ce que je n'aurai pas une épée pour repousser les bayonnettes? » répliqua-t-il avec fierté.

Quand le portrait fut sur le point d'être fini et qu'il fut question de costume, le peintre dit au comte de Diédrichstein : « De quel ordre dois-je décorer le prince?

— De l'ordre de Saint-Etienne, que l'Empereur lui a envoyé au berceau, répondit le comte. — Mais, monsieur le comte, s'écria vivement l'enfant, j'en avais encore beaucoup d'autres. — Oui, mais vous ne les portez plus. » Le roi de Rome baissa la tête et garda le silence.

Vers la même époque, un jour, en sa présence, la princesse Caroline de Furstemberg s'entretenait avec quelques personnes des événements et des réputations du siècle. Le général Sommariva, commandant militaire de l'Autriche, nomma trois illustres personnages qu'il cita comme les plus grands capitaines de leur temps. Le jeune prince écoutait attentivement. Tout à coup il interrompt le général avec vivacité :

« J'en connais un quatrième que vous n'avez pas nommé, dit-il en rougissant de honte et de colère. — Et lequel, monseigneur ? — Mon père ! s'écria-t-il avec force, » et il s'enfuit rapidement. Le général Sommariva courut après lui, le ramena et lui dit : « Vous avez eu raison, monseigneur, de parler comme vous l'avez fait de votre père, mais vous avez eu tort de vous enfuir. »

L'éducation préparatoire aux études classiques dura, pour le prince, jusqu'au moment où il eut atteint sa huitième année. Avant cette époque, nous nous contentions de l'exercer par de nombreuses lectures à la connaissance des langues française, anglaise et italienne.

A l'âge de huit ans, M. Collin lui enseigna les premiers éléments des langues anciennes. Ce travail l'intéressait peu, il y apportait plus d'intelligence que d'ardeur ; ses pensées se dirigeaient avec toute leur énergie vers les études relatives à l'art militaire, qu'ont fit marcher de front avec les premières.

Son goût prononcé pour la guerre avait engagé l'empereur à céder à sa demande de porter l'uniforme. Avant même qu'il eut atteint sa septième année, on lui donna l'habit de simple soldat. Il apprit le maniement des armes avec un grand zèle et une véritable application, et quand, pour le récompenser de sa bonne conduite et de son exactitude à l'exercice, on lui accorda les insignes du grade de sergent, il fut au comble de la joie et courut se vanter à ses jeunes amis de l'avancement qu'il avait obtenu par son mérite. Il parcourut plus tard les degrés de la hiérarchie militaire et apprit ainsi jusqu'aux détails les plus minutieux du service. Ainsi la prédilection du roi de Rome pour les exercices militaires était bien une vocation. C'était un goût inné et en quelque sorte une passion héréditaire. Le fils du grand capitaine se révélait ainsi; même en Autriche, il tenait à suivre la carrière des armes. En France, avec quel bonheur et quelle noble fierté ce jeune homme n'eût-il pas porté l'épée!

Son respect pour la discipline et la hiérarchie était vraiment remarquable. Ordinairement il se plaçait à table à côté de l'archiduc François. Pendant le séjour de l'empereur au château de Schlosshoff, plusieurs personnes de haute distiction furent admises au dîner du souverain. Le jeune prince n'alla pas s'asseoir à sa place accoutumée. On lui en demanda la raison: « Il « y a ici des généraux, dit-il, ils doivent passer avant « moi. »

Un jour de printemps, pendant une fête que l'empereur donnait dans de magnifiques serres qu'il avait fait construire, l'impératrice, qui aimait beaucoup le duc de Reichtadt, alors âgé de douze ans, l'appela auprès d'elle et voulut le faire asseoir au milieu des dames de son cercle. Le jeune prince refusa en rougissant. Il remercia et répondit d'un air sérieux : « Ma place doit être parmi « les hommes. »

Son amitié pour l'archiduc François ne se démentit jamais. C'était son compagnon habituel et de prédilection. Ils se livraient ensemble aux exercices de la gymnastique. Le prince était très-agile et adroit ; il avait un goût prononcé pour monter à cheval. A l'âge de quatorze ans il prit des leçons régulières d'équitation. Il devint bientôt fort bon écuyer ; il montait des chevaux fougueux, et, soit au Prater, à la promenade, soit aux manœuvres, il se faisait remarquer par une adresse, une élégance, une fierté dans sa manière de monter qui égalaient celles des meilleurs cavaliers.

On ne négligea rien pour ses études classiques. Fort jeune encore il traduisait les odes d'Horace, les annales de Tacite, les commentaires de César qu'il préférait à tout autre livre de latinité. M. le baron d'Obenaus était un excellent professeur, digne en tout de la confiance et du respect de son illustre élève.

Le prince étudia l'histoire avec succès, la philosophie, le droit naturel, politique et administratif. Son jugement était sain, son esprit logique et pénétrant ; il avait la mémoire bonne, mais surtout locale, retenant facilement des faits et des noms. Quant aux dates, il ne les classait dans son esprit qu'avec beaucoup de réflexion.

Il s'adonna franchement à l'étude des mathématiques; la géométrie et les méthodes trigonométriques étaient fort dans ses goûts. L'opération de la levée des plans était pour lui d'un grand attrait. Il travaillait sur le terrain, et on a conservé de lui une très bonne carte topographique qu'il dressa avec une remarquable exactitude. Cette carte comprend les contrées situées entre Vienne, Neudorf et Gumpolttkirchen. Le major Weill lui donna des leçons de fortification.

Il étudia avec une prédilection marquée la littérature française. M. Podevin et, plus tard, M. Barthélemy le guidèrent dans ces études. Son goût pour la poésie était peu développé; mais il se sentait entraîné vers Corneille par cet instinct héréditaire qu'il tenait de son père. Dans l'art, il se préoccupait surtout de la pensée, faisant assez peu de cas du style et surtout du rhythme poétique. Les *Caractères* de La Bruyère étaient une de ses lectures favorites. Il y étudiait le cœur humain et ses travers. Comme il savait parfaitement l'allemand, il lisait beaucoup aussi Goëthe et Schiller; il étudia avec soin les historiens Schmidt et Müller. Dans toute la littérature italienne, ses préférences se portèrent sur le Tasse. Le poëme de la *Jérusalem délivrée* était en harmonie avec son genre d'esprit chevaleresque.

Monseigneur Wagner, prélat fort instruit, fut chargé de diriger les études religieuses du prince. Il écrivit pour lui un recueil d'instructions dogmatiques et morales.

Le duc de Reichstadt écrivait le français dans ce style

particulier aux grands seigneurs, c'est-à-dire toujours avec facilité et élégance, et quelquefois avec une certaine négligence qui, du reste, n'était pas sans grâce. S'il eût vécu en France, sa manière eût été plus précise, plus vive, plus correcte et non moins distinguée.

Quant à son affection et sa reconnaissance pour ses professeurs, elle ne se démentit jamais, car il avait les sentiments élevés et la mémoire du cœur.

A ces détails biographiques que nous avons puisés aux meilleures sources, nous ajouterons qu'on ne peut se défendre de déplorer qu'une nature d'élite comme l'était celle du fils de Napoléon n'ait pu accomplir la destinée qui semblait lui être réservée. La Providence avait doué ce jeune prince de qualités éminentes; elle se plut seulement à le montrer au monde et elle le retira du monde par un de ces inexplicables décrets que nous devons accepter et adorer. Il fallait qu'il en fût ainsi peut-être pour l'enseignement des peuples et des princes; peut-être aussi pour épargner bien des déceptions et des amertumes à ce cher enfant. Une couronne est-elle donc si désirable et si douce à porter?

Nous touchons à l'époque de l'adolescence du duc de Reichstadt, c'est-à-dire à la seconde période de sa vie, puisque cette vie ne se composa que de deux âges, l'enfance et la jeunesse. Nous allons le voir livré à lui-même, c'est à-dire aux impressions de son cœur et aux lumières de son esprit, affranchi du contrôle de ses instituteurs, mais non de la surveillance d'un gouvernement dont il était devenu le sujet. Il lui restait le libre arbitre de ses passions, de ses affections et de ses idées. Sa propre direction morale lui appartint. Il se montrera donc à nous tel qu'il était, et il nous laissera apprécier ce qu'il aurait pu être un jour.

Mais, avant de passer outre, constatons ici la profonde et douloureuse impression que fit sur lui la nouvelle de la mort de l'empereur Napoléon. Le duc de Reichstadt, âgé de dix ans alors, était encore à Schœnbrünn. On y apprit la nouvelle fatale le 22 juillet 1821. L'empereur d'Autriche fut, dit-on, fort embarrassé pour apprendre cet événement à son petit-fils dont il connaissait l'ardente nature et l'extrême sensibilité. Le gouverneur du prince, M. le comte de Diédrichstein ne se trouvait pas à Vienne ce jour-là. L'empereur d'Autriche, il faut lui rendre cette justice, chercha quelqu'un qui fût très-sympathique au jeune prince pour adoucir son chagrin en lui apprenant le malheur qui le frappait. Son choix ne pouvait mieux tomber que sur le capitaine Foresti.

L'enfant s'abandonna à une douleur déchirante. Ses sanglots eurent un libre cours. Il se rappelait son père comme s'il ne l'eût jamais quitté. Pendant huit jours il parut affaissé sous un poids énorme. Son silence avait quelque chose de triste et d'effrayant à la fois. Le bon capitaine Foresti fit de son mieux pour calmer les douleurs de ce pauvre cœur si malade de chagrin. Une grande mélancolie succéda aux larmes et aux plaintes. Le jeune prince, vêtu de noir, se complaisait à porter ce deuil, et il eût voulu le prolonger encore, car lorsqu'il fallut le quitter, après le délai d'usage, il pleura beaucoup, dit-on, et ne se résigna que par obéissance pour son grand-père

VII.

Jeunesse du duc de Reichstadt. — Ses études. — M. le prince de Metternich. — Mademoiselle Fanny Essler. — L'archiduchesse Sophie. — Lectures du prince. — Une lettre célèbre.

Le roi de Rome venait d'atteindre sa dix-huitième année. C'était alors un beau jeune homme, grand et bien fait; il avait les cheveux blonds, les yeux bleus, mais d'un regard vif et pénétrant qui rappelait ce regard d'aigle particulier à Napoléon. L'ensemble de sa physionomie avait une teinte de douceur et de mélancolie. Son profil avait les lignes pures du profil de son père; le menton surtout se faisait remarquer par son analogie avec le type impérial; il était prononcé assez fortement, signe d'énergie. Le prince avait le sourire bienveillant et prêt à éclore de prime-abord, dès qu'il parlait; mais la réflexion survenant presque toujours, ce sourire s'effaçait.

Une amitié sincère s'était établie entre lui et le colonel autrichien, M. Prokesch, âgé de trente ans environ et officier très-distingué. M. de Prokesch, d'un esprit ferme et fort intelligent, pouvait lui servir de guide. Il le fit souvent avec succès.

Nous avons dit déjà que le prince, depuis longtemps, ne portait plus le titre de *roi de Rome*. Il faut convenir en effet que ce titre-là, après la chute de l'empire, avait perdu toute signification. Le vrai roi de Rome, de fait et de droit, était Pie VII. Même au point de vue honorifique, le fils de l'Empereur pouvait abandonner sans regret cette vaine et pompeuse dénomination. Un décret de l'empereur d'Autriche lui avait conféré, dès l'année 1818, le titre de duc de Reichstadt, et le même décret lui constituait un apanage composé de ce duché situé en Bohême, et de onze seigneuries plus ou moins importantes qui lui étaient adjointes.

On verra en quels termes était publié ce décret. Nous le transcrivons en faisant remarquer au lecteur que, dans l'énumération des prénoms cités dans l'acte, le plus glorieux de ces prénoms avait été supprimé par la volonté expresse de l'empereur d'Autriche, suppression qui fut légalisée dans les formes. Hélas! le fils du grand homme ne devait donc plus s'appeler officiellement Napoléon! Oui, en Autriche; mais, en France, quel décret aurait jamais pu effacer ce nom de la mémoire du peuple?

Quoi qu'il en soit, voici le décret autrichien :

« Nous, François Ier, par la grâce de Dieu, empereur d'Autriche, roi de Jérusalem, de Hongrie, de Bohême, de Lombardie et de Venise, de Dalmatie, de Croatie, d'Esclavonie, de Galicie, de Sodomérie et d'Illyrie, archiduc d'Autriche, duc de Lorraine, de Salzbourg, de Styrie, de Corinthie, de Carniole, de la haute et basse Silésie, grand-prince de Transylvanie, margrave de Moravie, comte princier de Habsbourg et du Tyrol, etc., etc., etc., savoir faisons :

« Comme nous nous trouvons, par suite de l'acte du

congrès de Vienne et des négociations qui depuis ont eu lieu à Paris avec nos hauts alliés pour son exécution, dans le cas de déterminer le titre, les armes, le rang et les rapports personnels du prince François-Joseph-Charles, fils de notre bien-aimée fille Marie-Louise, archiduchesse d'Autriche, duchesse de Parme, Plaisance et Guastella, nous avons résolu à cet égard ce qui suit :

« 1° Nous donnons au prince François-Joseph-Charles, fils de notre bien-aimée fille l'archiduchesse Marie-Louise, le titre de duc de Reichstadt, et nous ordonnons en même temps qu'à l'avenir toutes nos autorités, et chacun en particulier, lui donnent, en lui adressant la parole, soit de vive voix, soit par écrit, au commencement du discours et au haut d'une lettre, le titre de *duc sérénissime*, et dans le texte celui d'*altesse sérénissime ;*

« 2° Nous lui permettons d'avoir et de se servir d'armoiries particulières, savoir : de gueules à faces d'or, à deux lions passants d'or tournés à droite, l'un en chef, l'autre en pointe ; l'écu ovale, posé sur un manteau ducal et timbré d'une couronne de duc ; pour support, deux griffons de sable armés, becquetés et couronnés d'or, tenant des bannières sur lesquelles seront répétées les armes ducales ;

« 3° Le prince François-Joseph-Charles duc de Reichstadt prendra rang tant à notre cour que dans toute l'étendue de notre empire, immédiatement après les princes de notre famille et les archiducs d'Autriche.

« Il a été expédié deux exemplaires identiquement semblables et signés par nous de la présente déclararation et ordonnance, qui doit servir d'information à chacun, afin qu'on ait à s'y conformer; l'un des exemplaires a été déposé dans nos archives privées de famille, de cour et d'Etat.

« Donné dans notre capitale et résidence de Vienne, le 22 juillet de l'an 1818, de notre règne le vingt-septième.

« François. »

La vie du duc de Reichstadt se compose de si peu d'événements, qu'en vérité on peut dire de ce prince : Il passa sur la terre pour aimer, souffrir et regretter.

Jusqu'à l'âge de dix-huit ans, il fut sous la tutelle de son gouverneur et sous la direction de ses professeurs. De son émancipation à sa mort, il ne s'écoula qu'un espace de temps de trois années. Or, ces trois ans furent vraiment son existence réelle. Il vécut sinon libre de ses actions, du moins avec l'indépendance de ses sentiments, de ses affections et de sa conduite privée.

Son gouverneur, le comte de Diédrichstein, n'avait plus la surveillance et la responsabilité des actions du prince quant à sa vie intime; il conservait un titre honorifique et n'avait plus qu'un droit de conseil. Mais une haute suprématie veillait sur le duc de Reichstadt; un œil vigilant et sévère le suivait jusque dans les moindres détails de sa vie, et cette puissance, en apparence protectrice, était d'autant plus redoutable qu'elle se voilait et ne se révélait que par des formes bienveillantes. Tranchons le mot : M. de Metternich était le maître absolu de la destinée du fils de l'empereur Napoléon.

Ici nous devons nous expliquer une fois pour toutes au sujet de ce haut personnage, quant à ce qui concerne le duc de Reichstadt.

Quelques esprits crédules ou mal intentionnés, quelques écrivains d'un patriotisme outré, n'ont cessé d'accuser hautement le premier ministre d'Autriche d'avoir abrégé les jours du jeune prince par le poison; un poison lent, mais sûr. Cela rappelle les inépuisables calomnies qui, pendant toute la minorité de Louis XV, ne cessèrent de harceler le régent. Malgré toutes les prétendues tentatives d'empoisonnement, le roi Louis XV ne jouit pas moins pendant les premières années de son règne d'une santé florissante et qui ne s'altéra, trente ans plus tard, que par suite d'excès dont il ne sera pas ici question.

M. de Metternich n'était certainement pas l'ami de la France et encore moins le partisan de la famille de Napoléon; plus que tout autre en Europe, il était en opposition directe avec les sentiments et les idées qui pouvaient amener un jour en France le rétablissement de l'empire; mais M. de Metternich avait une intelligence trop haute pour ne pas comprendre que l'acte le plus maladroit, le fait le plus compromettant pour son système politique, eût été l'empoisonnement du duc de Reichstadt. D'ailleurs, est-ce que le premier ministre d'Autriche n'avait pas une connaissance parfaite du naturel et des idées du jeune prince? Est-ce qu'il ne savait pas d'une manière précise ce que ce jeune homme fai-

sait jour par jour, heure par heure, et tout ce dont il était capable dans une circonstance donnée? Le système de M. de Metternich était d'isoler le duc de Reichstadt de toute communication française, cela est vrai; son système était de tenir le prince dans une dépendance absolue de la cour d'Autriche, cela est vrai encore; comme aussi d'éteindre en lui toute ambition du pouvoir souverain et même de modifier son admiration pour Napoléon et la France, chose à laquelle il ne parvint pas.

Après cela et en songeant à l'activité et à la vigilance de la police du ministre, comment hésiter à reconnaître que M. de Metternich était trop fort pour se préoccuper des regrets et des rêves du duc de Reichstadt et trop habile pour ne pas déjouer toute intrigue qui se serait nouée autour de lui?

Revenons au prince lui-même.

Par exemple, ce qui est prouvé suffisamment, c'est le peu de sympathie que le premier ministre d'Autriche inspirait au fils de Napoléon. Si le duc de Reichstadt, qui avait une nature douce, avait pu haïr fortement, il eût détesté M. de Metternich. Nous allons en avoir une preuve.

Une amitié tendre s'était établie depuis des années entre le prince et l'archiduchesse Sophie, femme de l'archiduc François. Cette princesse, plus âgée que lui, était dans tout l'éclat de la beauté à l'époque dont nous parlons (de 1828 à 1831). Le duc de Reichstadt avait trouvé en elle un cœur aimant et un esprit d'un charme infini. Il la regardait presque comme une mère, disons plutôt comme une grande sœur. Elle avait toutes ses confidences; elle recevait tous les épanchements de ce pauvre cœur si affligé. Cette liaison était pure, bien que des esprits malveillants aient voulu lui donner un autre caractère. C'est auprès de l'archiduchesse que le fils de Napoléon retrouvait ce calme et cette force de résignation dont il avait tant besoin. Or, ayant bien deviné les antipathies du prince pour M. de Metternich, elle cherchait à le soutenir et à le consoler. Dans une correspondance intime et suivie, quand l'archiduchesse n'était pas à Vienne, ils échangeaient leurs impressions et leurs sentiments. Plusieurs lettres de cette correspondance sont remplies de ces confidences du cœur que l'on est heureux de retrouver chez les personnages qui ont marqué dans une époque. Voici une de ces lettres. La nature loyale et à la fois douloureuse et aimante du prince s'y retrouve tout entière; elle a pour sujet M. de Metternich lui-même; le duc parle ici à cœur ouvert et à sa meilleure amie:

. . . .

« Le prince de Metternich est un grand comédien. Chez lui, la vérité n'est qu'une contre-ruse. Il est souple avec dignité; quelquefois on serait tenté de croire qu'on lui a confié ce qu'il devine, mais comme il parle faux, une note mal attaquée le trahit... On reconnaît l'ennemi à son accent étranger dès qu'il veut prendre le langage des saintes affections.

« Il a eu beau faire, j'ai surpris des traces de dépit sur ce visage habituellement impassible; il a souri d'un air qui voulait dire : Pauvre adversaire ! je t'ai rendu bien malheureux, je puis t'achever.

« Le prince a dans la paupière un je ne sais quoi qui trahit ses secrètes émotions, lesquelles se réduisent à celles de l'amour-propre blessé. Cette paupière est sans doute atteinte d'un commencement de paralysie ; une fois abaissée, elle a de la peine à se relever. Bref, chez le prince, l'instrument destiné à protéger le siége de l'observation se sera affaibli avant le temps, parce que l'organe lui-même a abusé de sa mission.

« La première fois que j'ai remarqué cette particularité, nous étions tous les trois ensemble. Il nous épiait, tout en ayant l'air de méditer profondément. Je me penchai de votre côté et vous dis à voix basse : Me voici entre mon bon et mon mauvais *génie*. Lorsque je me redressai, mon regard rencontra le sien ; l'œil du prince était presque distrait ; la pose était aisée comme d'habitude. Il parla de choses indifférentes ; enfin, il éloigna avec un art parfait toute apparence de préoccupation. Cependant, un léger tremblement nerveux dessina les rides de sa bouche, et la paupière rebelle se ferma à demi, sans que le regard changeât d'expression.... Il avait tout entendu !

« La vie commune d'un diplomate n'est qu'une suite de petits mécomptes et de petits triomphes. Ces misères quotidiennes n'ont aucune prise sur le prince ; mais quand il est piqué au vif, sa paupière proteste.... Sans ce léger défaut organique, ce serait un homme d'Etat complet.

« Il laissa percer un peu d'aigreur dans ses dernières

observations ; je vis bien qu'il tenait à savoir si j'avais eu quelques nouvelles de France ; je me contentai de lui répondre : « Votre police est si bien faite ! » Par une transition des plus adroites et en passant par les choses les plus indifférentes, il est venu à des choses qui me regardent personnellement, sans craindre même d'entrer dans quelques détails que je voudrais pouvoir oublier....

« Pour ne vous rien cacher, j'ai eu à rougir devant lui de faiblesses que je déplore, mais j'ai eu la mortification de reconnaître que les écarts les plus secrets de ma jeunesse étaient notés par un contrôle supérieur.... Ainsi, mes fautes mêmes ne m'appartiennent pas ! A cet étrange aveu, j'ai cru que la patience allait m'échapper ; ma mémoire m'a retracé tout ce que je dois à la haine politique du prince.... J'ai vu repasser devant moi tous mes souvenirs d'enfance, gracieux ou heurtés comme ma destinée, madame de Montesquiou et l'ombre abhorrée du comte de Neupperg à coté de l'image de mon père mourant.... Je croyais entendre cette voix si chère me défendre de jamais oublier la France.... et j'avais devant moi l'ennemi irréconciliable de sa dynastie. Je serrai avec force la poignée de mon épée.... Lorsque de cette hauteur mon regard descendit sur le prince, je me sentis au cœur un immense mépris ; le prince me salua froidement et disparut.

« Vous allez me répéter que toutes ces émotions me tuent, qu'après tout le prince fait son métier de premier ministre, et que je fais d'une manière pitoyable celui de prétendant.

« Que toutes ces petitesses me pèsent ! Oh ! si une fois, une seule fois, *je pouvais de tout mon sang marquer ma place* dans ce monde qui attend ! Si un jour, fût-ce en me voyant tomber, on pouvait dire : « C'était bien le fils de celui qui a rempli le monde de son nom ! » J'entends des pas !.... Il faut que le triomphateur futur dérobe cette lettre aux *amis* qui l'écoutent respirer. »

Cette lettre est fort belle et révèle une nature d'élite. Elle est extraite d'une histoire très-remarquable de la famille Bonaparte par M. Chopin. De tels documents sont précieux ; ils réhabilitent des réputations et donnent aux faits cette précision et cette couleur vraie si essentielles à l'histoire.

Oui, le duc de Reichstadt eut dans sa courte existence une charmante protectrice et une amie dévouée. Cet attachement adoucit bien des amertumes. On se sent heureux de son bonheur et on aime autant qu'on admire cette noble archiduchesse autrichienne qui, malgré tout et avant tout, tendit une main si loyale au fils de Napoléon. A nos yeux, la princesse Sophie peut être comparée à un ange incliné sur une tombe.

Mais une nature ardente, passionnée et forcément contenue comme l'était celle du jeune prince pouvait-elle se contenter de si douces affections ? Ici, nous touchons à un sujet délicat. Quelques écrivains ont abusé de certaines confidences touchant les faiblesses ou plutôt les passions du duc de Reichstadt. Il en est même qui ont fait, sur ce sujet, du *romanesque* outré et du *dramatique* de mauvais goût. L'engouement pour la *mise en scène* est poussé de nos jours jusqu'aux dernières limites. Le drame et le roman sont devenus une manie, même chez quelques esprits d'élite. Tâchons d'éviter cet écueil.

Une charmante danseuse, qui plus tard devint une célébrité, mademoiselle Fanny Essler, venait de débuter au grand théâtre de Vienne. Selon le témoignage de quelques chroniqueurs, auxquels nous n'accorderons qu'une créance limitée, la belle artiste fit une impression profonde sur le duc de Reichstadt. Il l'admirait comme talent; il se laissa séduire aux charmes de cette grâce et de cette volupté particulières aux *houris* de théâtre et qui enivrent à vingt ans comme un vin capiteux. On dit que le prince et la danseuse eurent des rendez-vous et qu'il s'ensuivit une liaison intime. Le roman ne dura que peu de temps. Du reste, puisque l'occasion se présente ici, rendons justice à qui de droit. Mademoiselle Fanny Essler était certainement bien faite pour inspirer une *passion* (nous soulignons le mot) à un jeune prince d'une imagination ardente. Outre son beau talent et les grâces irrésistibles de sa personne, elle avait encore de la distinction dans l'esprit et une noblesse de sentiments qui auraient fait honneur à une grande dame. Quoi qu'il en soit, elle eut son heure de royauté, et elle captiva d'une façon assez vive le fils de Napoléon.

Mais cette passion-là céda bientôt le pas à des exigences sociales; peut-être aussi cessa-t-elle de part et d'autre par cela même que l'artiste, jeune, enthousiaste, gaie, un peu folle des enivrements de l'avenir, ne pouvait trop s'accommoder d'un esprit sérieux et mélancolique tel que celui du prince. Peut-être aussi le duc de Reichstadt s'aperçut-il le premier de la position fausse, impossible, où le plaçait un tel attachement.

Le roman, disons-nous, fut de courte durée. Nous sommes tenté d'ajouter : Le roman a-t-il jamais existé? Mais tant de gens ont certifié la réalité de l'aventure, qu'en écrivain consciencieux nous avons cru devoir la constater, tout en faisant nos réserves.

Si le prince avait un moment oublié ses habitudes sérieuses, il revint bien vite à ses travaux et à des affections plus élevées. Ses études historiques et sur l'art militaire furent poussées très-loin ; il a laissé des fragments les plus remarquables sur ces matières. Il aimait aussi les sciences et il montrait dans ces travaux-là une pénétration et une aptitude bien rares à son âge.

A la cour d'Autriche, l'usage veut que les princes de la famille impériale passent par tous les grades inférieurs du service militaire. Le duc de Reichstadt avait rempli avec ardeur et distinction ce rude apprentissage de l'art de la guerre. En 1830, il fut nommé par l'empereur, son grand-père, au grade de lieutenant-colonel. Ce fut alors qu'il s'adonna tout entier aux devoirs que lui imposait son grade. Il passait, dit-on, des journées entières à l'étude de la théorie, au champ de manœuvre et à la caserne. Il est probable que les fatigues excessives qui résultèrent de cette vie toute d'action furent les premières causes de la maladie qui devint bientôt si grave. Mais n'anticipons pas sur les événements.

Nous avons déjà parlé d'un officier de grand mérite,

M. de Prokesch, qui jouissait de toute la confiance du prince. S'il avait été libre de ses volontés, le duc eût attaché M. de Prokesch à sa personne par un titre officiel. Il ne put l'avoir auprès de lui qu'en qualité d'ami. C'était le plus beau titre sans doute.

C'est avec ce digne officier qu'il continuait ses travaux militaires. Ils étudiaient la guerre ensemble comme d'autres étudient la paix, c'est-à-dire la guerre non seulement dans sa partie pratique, mais encore dans sa partie morale, dans ses causes, ses accidents, ses résultats. Le prince se livrait à ces travaux avec vivacité et une grande pénétration: il *frappait juste sur le clou*, selon une expression allemande. M. de Prokesch prétend qu'il lut avec lui, et avec beaucoup de suite, un assez grand nombre d'ouvrages, entre autres, ceux de Vaudoncourt, Ségur, Chambray, les aphorismes de Montecuculli, les mémoires du prince Eugène de Savoie, les écrits de Jomini, etc. Comme il avait un grand respect pour l'archiduc Charles, il lisait aussi très-attentivement les savants mémoires de ce princes sur les campagnes de 1796 et 1799.

Nous devons à M. de Prokesch une révélation fort intéressante : c'est une affaire de cœur touchant le duc de Reichstadt. Le prince avait beaucoup de succès aux bals de la cour. Il confia un jour à M. de Prokesch qu'il était presque amoureux de la belle comtesse de ***. Sur les représentations énergiques de celui-ci, il promit de faire tout au monde pour ne pas céder à cette passion et ne rien compromettre. En effet, il renonça à voir la belle comtesse.

Mais à quelle grande puissante dame, à quelle *divinité* fut écrite la lettre de ce jeune prince, qui est citée dans le beau livre de MM. Chopin et Leynadier, et dont nous ne donnons ici qu'un fragment? Nous l'ignorons, et nous serons assez réservé pour ne pas chercher à pénétrer ce mystère. Les secrets du cœur sont sacrés, et puisque le duc de Reichstadt n'a pas voulu nommer celle à qui ces lignes ont été adressées, nons ne soulèverons pas un voile sous lequel il abrita peut-être de saintes et ineffables affections.

« J'ai eu ce matin une joie bien pure, et j'ai besoin de vous la redire : j'étais dans la campagne, galoppant de toute la vitesse de mon cheval. Le pauvre animal était tout baigné de sueur. Je descendis près d'une petite ferme, à un quart de mille du village de S..... Un jardin bien soigné entourait l'habitation ; j'attachai ma monture en dehors et j'entrai pour demander quelques rafraîchissements. Je traversai la première salle sans rencontrer personne... Une porte était entr'ouverte : j'entre avec précaution, dominé par je ne sais quel pressentiment. Mon premier regard rencontre une jeune femme couronnant un buste de fleurs : c'était l'ange qui veille sur ma destinée, souriant à l'image de mon père... Un bruit de chevaux me fit ressouvenir que les gens de ma suite allaient nous surprendre. Je n'eus que le temps de fléchir le genou devant l'image auguste et de baiser une main généreuse. Je m'élançai à cheval avant qu'aucun regard ne fût venu profaner le sanctuaire où la plus noble des femmes couronnait, en présence d'un orphelin qui fut le roi de Rome, le front le Napoléon.

« Honneur à celle qui, inaccessible aux passions du présent, a jugé l'ennemi de sa famille comme le jugera a postérité!.... Mais comment avez-vous fait pour deviner que je viendrais là? Après tout, je suis bien simple de m'étonner. Ne tenez-vous pas le fil mystérieux qui me conduit? Je vous sens venir sans vous voir, et vous me devinez quand je souffre..... Oh! dites-le-moi, car vous devez le savoir, y aura-t-il autre chose à inscrire sur ma tombe que deux dates à côté d'un nom? Hélas! quant à mes titres, la Fortune, en gravant le second sur le premier, a tellement mêlé les caractères, que l'histoire elle-même les confondra..... Rome, Reichstadt: quel contraste! quelle confusion!.... Ayez compassion, mais ne riez pas de mes folies..... Quand j'écris la première lettre de mon duché, je suis toujours tenté d'achever le nom de mon royaume éphémère.

« Puissiez-vous trouver quelque chose de généreux jusque dans mes superstitions! Placé si près d'un astre lumineux, comment me résigner à n'être qu'une tache sur son disque? »

VIII.

M. Barthélemy à Vienne. — La nouvelle de la révolution de Juillet. — Effet de cette nouvelle à la cour d'Autriche. — Négociation des partisans de l'empire auprès du cabinet autrichien. — Réserve du duc de Reichstadt. — La comtesse C... — Un bal chez l'ambassadeur d'Angleterre.

Nous ne devons pas omettre dans notre récit le voyage que fit M. Barthélemy à Vienne, dans le but d'offrir lui-même au duc de Reichstadt le poëme de *Napoléon en Egypte*. On sait que cette belle œuvre fut écrite par deux plumes poétiques : celle de M. Méry et celle de M. Barthélemy.

Les poètes sont aventureux par nature. Sous l'influence d'une idée forte, d'un sentiment passionné, ils ne doutent de rien, en général du moins, car nous connaissons parmi eux certaines natures timides et voilées, mais c'est là une exception.

Or, M. Barthélemy, avec son entrain et sa verve habituels, ne doutait pas qu'il ne lui fût facile, son livre à la main, de rendre visite au fils d'un héros qu'il avait chanté.

Le voilà parti pour ce pélerinage *poétique*. Fort bien ; mais il comptait sans M. de Metternich, aux yeux de qui le pélerinage était *politique*.

Nous ne saurions mieux faire en cette occasion que de laisser parler le poète voyageur. Son récit est plein de charmes et d'une sincérité souvent très-touchante :

« Le but de mon voyage à Vienne, dit dans une note M. Barthélemy, était d'être présenté au duc de Reichstadt, de lui offrir notre poëme. On doit penser que je ne négligeai aucun moyen possible d'y parvenir. Dans le nombre des personnes qui me témoignaient quelque intérêt, les unes étaient tout à fait sans pouvoir, les autres craignaient, avec quelque raison, de s'immiscer dans une affaire de cette nature. Ainsi, je me vis presque réduit à moi seul pour conseiller et pour protecteur. Je pensai qu'au lieu d'employer des détours qui auraient pu attirer des soupçons sur mes intentions pacifiques, il valait mieux aborder la question avec franchise et déclarer ouvertement le but de mon séjour à Vienne.

« D'après cette idée, je me présentai chez M. le comte de Czernin, qui est *oberhofmeister* de l'empereur (grand-maître de la cour). Ce vénérable vieillard me reçut avec une bonté et une obligeance dont je fus réellement pénétré, et quand je lui eus énoncé le but de ma visite, il n'en parut nullement surpris ; seulement, il m'engagea à m'adresser à M. le comte de Diétrichstein, chargé spécialement de l'éducation du jeune prince, et même il voulut bien m'engager à m'y présenter sous ses auspices. Je ne perdis pas un moment... J'eus un véritable plaisir de me trouver avec un des seigneurs les plus aimables et les plus instruits de la cour de Vienne. Aux fonctions de grand-maître du duc de Reichstadt, il joignait la charge de directeur de la bibliothèque, et, devant ce dernier titre, je pouvais invoquer hardiment ma qualité d'homme de lettres. Il voulut bien me dire que notre nom et nos ouvrages ne lui étaient point inconnus, que même il avait pris le soin de se faire envoyer de France toutes les brochures que nous avons publiées jusqu'à ce jour, et qu'en ce moment il attendait avec impatience notre dernier poëme. Comme, à tout événement, je m'étais muni d'un exemplaire, je me hâtai de le lui offrir, et même de lui en faire une dédicace signée, ce qui parut lui être agréable. Encouragé par cet accueil, je crus le moment propice pour en venir à une ouverture.

« Monsieur le comte, lui dis-je, puisque vous voulez bien me traiter avec tant de bienveillance, j'oserai vous supplier de me servir dans l'affaire qui m'attire à Vienne. Je suis venu dans le but unique de présenter ce livre au duc de Reichstadt; personne, mieux que son grand-maître, ne peut me seconder dans mon dessein; j'espère que vous voudrez bien accéder à ma demande.

« Aux premiers mots de cette humble requête verbale, le visage du comte prit une expression, je ne dirai pas de mécontentement, mais de malaise, de contrainte; il paraissait comme fâché d'avoir été assez aimable pour m'enhardir à cette demande, et sans doute qu'il aurait préféré n'être pas dans la nécessité de me répondre. Après quelques secondes de silence, il me dit : « Est-il bien vrai que vous soyez venu à Vienne pour voir le jeune prince? Qui a pu vous engager à une pareille démarche? Est-il possible que vous ayez compté sur le succès de votre voyage? On se fait donc en France des idées bien fausses, bien rrdicules sur ce qui se passe ici ? Ne savez-vous pas que la politique de la France et celle de l'Autriche s'opposent également à ce qu'aucun étranger, et surtout un Français, soit présenté au prince ? Ce que vous me demandez est tout à fait impossible. Je suis vraiment fâché que vous ayez fait un si long et si pénible voyage sans aucune chance de succès, etc., etc. »

« Je lui répondis que je n'avais mission de personne en venant en Autriche, que c'était de mon propre mouvement et sans impulsion étrangère que je m'étais décidé à ce voyage; qu'en France on pense généralement qu'il n'est pas difficile d'être présenté au duc de Reichstadt, et que même on assure qu'il reçoit les Français avec une bienveillance toute particulière ; que d'ailleurs les mesures de prudence qui repoussent les étrangers me semblaient ne pas devoir m'atteindre, moi qui ne suis qu'un homme de lettres, qu'un citoyen inaperçu, et qui n'ai jamais rempli de rôle ou de fonction politique.

« Je conçois, ajoutai-je, que mon zèle peut vous paraître exagéré ; cependant, considérez que nous venons de publier un poëme sur Napoléon ; est-il donc si étrange que nous désirions le présenter à son fils ? Croyez-vous que cet hommage littéraire ait un but caché ? Il ne tient qu'à vous de vous convaincre du contraire. Je ne demande pas à entretenir le prince sans témoin ; ce sera devant vous, devant dix personnes s'il le faut, et, s'il m'échappe un seul mot qui puisse alarmer la politique la plus ombrageuse, je consens à finir ma vie dans une prison d'Autriche.

« Le grand-maître répliqua que tous ces bruits répandus en France au sujet de personnes présentées au duc de Reichstadt, étaient de toute fausseté ; qu'il était persuadé que le but de mon voyage était purement littéraire et détaché de toute pensée politique, mais que néanmoins il lui était impossible d'outrepasser ses ordres ; que les plus strictes défenses interdisaient ces sortes d'entrevues ; que cette mesure n'était pas l'effet d'un caprice momentané, mais bien la suite d'un système constant adopté par les deux cours ; qu'elle n'était pas applicable à moi seul, mais à tous ceux qui tenteraient d'approcher du prince, et que j'aurais grand tort de m'en trouver lésé spécialement. Enfin, ajouta-t-il, ce qui doit excuser ces rigueurs, c'est la crainte d'un attentat sur sa personne. « Mais, lui dis-je, un attentat de cette nature est toujours à craindre, car le duc de Reichstadt n'est pas entouré de gardes ; un homme résolu pourrait toujours l'aborder, et une seconde suffirait pour consommer un crime. Votre prévoyance est donc en défaut de ce côté.

« Maintenant, vous craignez peut-être qu'une conversation trop libre avec des étrangers ne lui révèle des secrets ou ne lui inspire des espérances dangereuses ; mais, avec tout votre pouvoir, est-il possible à vous d'empêcher qu'on ne lui transmette ouvertement ou clandestinement une lettre, une pétition, un avis, soit à la promenade, soit au théâtre, ou dans tout autre lieu ? Moi, par exemple, si au lieu de m'adresser franchement à vous, je m'étais porté sur son passage ; si je m'étais hardiment avancé vers lui, et qu'en votre présence même je lui eusse remis un exemplaire de *Napoléon en Egypte*, vous voyez bien que j'aurais trompé toutes vos précautions et que j'aurais rempli mon but d'une manière violente, j'en conviens, mais enfin il n'en est pas moins vrai que le prince aurait reçu son exemplaire et qu'il l'aurait lu, ou du moins qu'il en aurait connu le but. »

« M. Diétrichstein me fit une réponse qui me glaça d'étonnement. « Ecoutez, monsieur, soyez bien persuadé que le prince n'entend, ne voit et ne lit que ce que nous voulons qu'il lise, qu'il voie et qu'il entende. S'il recevait par hasard une lettre, un pli, un livre qui eût trompé notre surveillance et fût tombé jusqu'à lui sans passer par nos mains, croyez que son premier soin serait de nous le remettre avant de l'ouvrir ; il ne se déciderait à y porter les yeux qu'autant que nous lui aurions déclaré qu'il pourrait le faire sans danger. — Il paraît, d'après cela, monsieur le comte, que le fils de Napoléon est bien loin d'être aussi libre que nous le supposions en France. — *Le prince n'est pas prisonnier*, mais... il se trouve dans une position toute particulière. Veuillez bien ne plus me presser de vos questions, je ne pourrais vous satisfaire entièrement ; renoncez également au projet qui vous a conduit ici ; je vous répète qu'il y a impossibilité absolue. — Eh bien, vous m'enlevez tout espoir ; je ne puis certainement recourir à personne après votre arrêt, et je sais qu'il est inutile de renouveler mes instances ; mais du moins vous ne pouvez me refuser de lui remettre cet exemplaire au nom des auteurs ; il a sans doute une bibliothèque, et ce livre n'est pas assez dangereux pour être mis à l'index.»

« M. Diétrichstein secoua la tête comme un homme irrésolu. Je compris qu'il lui était pénible de m'accabler de deux refus dans le même jour. Aussi, ne voulant pas le forcer à s'expliquer trop nettement, je pris congé de lui en le priant de lire le poëme, de se convaincre qu'il ne contenait rien de bien séditieux, et de me faire espérer que, d'après cette conviction, il consentirait à favoriser ma seconde demande.

« Environ quinze jours après, je retournai chez le grand-maître; j'en revins encore à mes premières obsessions. Il était étonné lui-même de ma ténacité. « Je ne vous conçois vraiment pas, me disait-il; vous mettez trop d'importance à voir le prince; contentez-vous de savoir qu'il est heureux, qu'il est sans ambition; sa carrière est toute tracée; il n'approchera jamais de la France, *il n'en aura pas même la pensée*. Répétez tout ceci à vos compatriotes, désabusez-les s'il est possible. Je ne vous demande pas le secret de tout ce que j'ai pu vous dire, bien au contraire; je vous prie, à votre retour en France, de le publier, et même de l'écrire, si bon vous semble. Quant à la remise de votre exemplaire, n'y comptez pas. Votre livre est fort beau comme poésie, mais il est dangereux pour le fils de Napoléon; votre style plein d'images, cette vivacité de descriptions, ces couleurs que vous donnez à l'histoire, tout cela, dans sa jeune tête, peut exciter un enthousiasme et des germes d'ambition qui, sans aucun résultat, ne serviraient qu'à le dégoûter de sa position actuelle. L'histoire, il en connaît tout ce qu'il doit savoir, c'est-à-dire les dates et les noms. Vous voyez, d'après cela, que votre livre ne peut lui convenir. »

« J'insistai encore quelque temps, mais je vis bientôt que le comte ne m'écoutait que par civilité. Je ne voulus pas m'épuiser en prières inutiles, et dès lors, désabusé de mon innocente chimère, je regardai cette visite comme une audience de congé, et je ne pensai plus qu'à retourner en France. »

M. Barthélemy s'en revint donc, et il fit sagement. Avec M. de Metternich, il ne fallait pas trop chercher à franchir les barrières une fois posées et encore moins chercher à tromper les regards pour se glisser en lieu défendu.

Cependant, le voyage du poète ne fut pas tout à fait perdu. M. Barthélemy eut au moins le triste et consolant bonheur de voir, de loin, au théâtre de Vienne, cette figure mélancolique et auguste, qui l'intéressait si vivement. Cette apparition nous valut par la suite de bien beaux vers, écrits encore par des plumes fraternelles. La muse dédommagea le biographe. Nous aurions eu un portrait historique et des anecdotes; nous avons eu de la poésie, nous avons eu ces vers si touchants d'expression et si colorés de style :

. . . .

Dans la loge voisine une porte s'ouvrit,
Et dans la profondeur de cette enceinte obscure,
Apparut tout à coup une pâle figure;
Étreinte dans ce cadre, au milieu d'un fond noir,
Elle était immobile et l'on aurait cru voir

Un tableau de Rembrandt chargé de teintes sombres,
Où la blancheur des chairs se détache des ombres.
Je sentis dans mes os un étrange frisson ;
Dans ma tête siffla le tintement d'un son.
L'œil fixe, le cou raide et la bouche entr'ouverte,
Je ne vis plus qu'un point dans la salle déserte :
Acteurs, peuple, empereur, tout semblait avoir fui ;
Et, croyant être seul, je m'écriai : C'est lui !
C'était lui.... Tout à coup la figure isolée
D'un coup d'œil vif et prompt parcourut l'assemblée.
Telle, en éclairs de feu, jette un reflet pareil
Une lame d'acier qu'on agite au soleil ;
Puis, comme réprimant un geste involontaire,
Il rendit à ses traits leur habitude austère,
Et s'assit. Cependant mes regards curieux
Dessinaient à loisir l'être mystérieux.

. . . .

Oui, le duc de Reichstadt avait encore alors
L'œil rapide où brille la pensée,
Le teint blanc de Louise et sa taille élancée.
Mais il avait aussi, hélas ! il avait déjà
Ce visage éclatant de pâleur.

dont la vue fit tressaillir M. Barthélemy et qui présageait une fin prématurée. Nous remercions le poète et des vers qu'il nous a laissés au sujet du *fils de l'homme*, selon son expression, et des sentiments tendres et élevés qui ont inspiré sa muse et qui ont trouvé tant d'échos en France.

A l'époque de la révolution de juillet 1830, le duc de Reichstadt était entré dans sa vingtième année. Il était d'âge à apprécier dans toute leur portée les graves événements qui venaient de renverser la monarchie des Bourbons.

Cette grande nouvelle, en arrivant à Vienne, jeta la cour d'Autriche dans la consternation. Mais, dans ce pays-là, le gouvernement a l'habitude de la vigilance et de l'énergie. Les mesures les plus rigoureuses furent prises pour être prêt, en cas d'événement, contre l'envahissement de l'esprit révolutionnaire. Dans les premiers jours, la cour d'Autriche crut sérieusement que Napoléon II serait proclamé à Paris. Elle ignorait encore que l'insurrection avait été pour ainsi dire un fait spontané et isolé, dont Paris avait pris l'initiative. L'ambassadeur d'Autriche à Paris instruisit bientôt le cabinet de Vienne du véritable caractère de cette révolution, et l'avénement au trône de Louis-Philippe, arrivé le 9 août, vint confirmer les notes diplomatiques adressées à l'Autriche.

La révolution de Juillet n'avait eu son foyer qu'à Paris; elle avait pris naissance dans la classe bourgeoise, toujours frondeuse, envahissante, jalouse et depuis longtemps *voltairienne*. C'était une conspiration de banquiers, de commerçants, d'avocats, de gros bourgeois, ourdie par eux et mise en action par la classe ouvrière parisienne qui était sous la main et dans la dépendance de ses patrons. La révolution bourgeoise devait donc tourner au profit de la bourgeoisie. La France l'accepta comme un *fait accompli*.

Si la révolution s'était opérée par le peuple des campagnes, par les populations ouvrières dégagées des capitalistes, et par l'armée, c'est-à-dire par les neuf dixièmes de la population, Napoléon II eût été proclamé, car le souvenir de l'empire était vivant dans le cœur et l'esprit du peuple français. Nous l'avons vu depuis, quand le suffrage universel a élevé sa grande voix.

La cour de Vienne s'alarma avec quelques raisons dès la première nouvelle de la révolution. Elle vit la France armée, déployant le drapeau tricolore surmonté de l'aigle et proclamant Napoléon II. Elle redouta un enlèvement ou une fuite. Elle redoubla de vigilance autour du prince.

Il est certain qu'aussitôt après le *fait accompli* et même après l'avénement au trône de la maison d'Orléans, les partisans de l'empire les plus influents cherchèrent à faire revenir l'esprit public qu'une surprise avait arrêté dans son élan. Toutefois on agit avec une loyauté digne de la grandeur de la cause ; on ne chercha pas à *enlever* le fils de Napoléon : on négligea les moyens d'une entreprise souterraine. Ce fut au cabinet de Vienne lui-même que l'on s'adressa. Des négociations furent entamées au nom du parti bonapartiste qui représentait l'idée nationale, et des personnages considérables se rendirent auprès de M. de Metternich.

Laissons parler un moment M. de Montbel. Un tel témoignage ne peut être suspect. Personne plus que lui, ministre exilé du roi Charles X dans l'exil, n'a le droit d'être cru sur parole.

« Dès les commencements de la révolution de Juillet se renouèrent diverses trames dans le but d'engager l'Autriche à se prêter aux desseins du parti impérialiste.

Pour prix de l'établissement de Napoléon II, la France offrait aux puissances européennes toutes les garanties désirables d'union et de paix. On organiserait les conditions du pouvoir de telle manière que l'autorité ne serait plus un vain mot et que l'anarchie comprimée n'oserait plus lever la tête et menacer le monde social.

« A peu près à l'époque de mon arrivée à Vienne, s'y rendait aussi un personnage dont le nom, célèbre dans les fastes de la révolution et de l'empire, est mêlé à toutes les époques de nos convulsions politiques..... Cet homme vit le prince de Metternich.

« Le premier ministre autrichien lui dit :

— « Que demandez-vous et qu'attendez-vous de nous ?

— « Que vous nous laissiez conduire le duc de Reishstadt à la frontière de France : sa présence, le nom de Napoléon, renverseront en un instant le gouvernement qui pèse sur notre patrie, et qui sans cesse vous menace de ses ruines.

— « Quelle garantie aura le duc de Reischtadt de son avenir ?

— « L'amour et le courage des Français l'entoureront et formeront un rempart autour de lui.

— « Au bout six mois il se trouverait entouré d'ambitieux, d'exigences, de ressentiments, de haine, de conspirations ; il se trouverait au bord d'un abîme. Je vous l'ai déjà dit, l'empereur tient trop à ses principes, à ses devoirs envers les peuples, comme au bonheur de son petit-fils, pour jamais se prêter à de semblables dispositions. »

Il ne nous appartient pas de juger la conduite du duc

de Reichstadt dans les circonstances dont nous parlons; il nous appartient encore moins de juger de ses sentiments, bien que, sous ce rapport, le doute ne soit plus permis. Il aimait la France avec passion, et son cœur battait avec exaltation au souvenir de la gloire paternelle et à l'espoir d'un retour parmi les Français. N'avait-il pas dit cette belle parole à sa meilleure amie, à l'archiduchesse Sophie : « *L'Autriche est ma nourrice, mais la France est ma mère!* »

Mais la réserve que le prince a cru devoir garder à l'époque de 1830 sera par nous respectée. Ce qu'il souhaitait, nous le savons, ce qu'il tenta peut-être, nous croyons l'entrevoir; ce qu'il crut devoir ne pas entreprendre par respect et par tendresse pour l'empereur d'Autriche, son grand-père, nous le regrettons; mais nous honorons le sentiment qui guida sa conduite.

Après l'avénement de la royauté de juillet, la France garda le silence, ou plutôt elle n'eut aucun moyen légal de manifester sa volonté. L'héritier de l'empire se résigna et attendit dans le calme et la dignité; il se soumit aux décrets de la Providence. Honneur à lui, si jeune encore, si à plaindre et si noblement malheureux. Certes, ce ne furent ni l'intrépidité, ni les élans de l'enthousiasme, ni l'entraînement vers le pays natal qui lui firent défaut. Sans l'étroite et insurmontable surveillance d'un premier ministre aussi puissant que l'était M. de Metternich, le duc de Reichstadt, il l'a écrit de sa main, eût franchi la frontière de France. De ce point-là à Paris son voyage eût été un triomphe.

Mais revenons à notre récit anecdotique et cherchons

encore à suivre le cours de cette vie si affligée, si simple et si grande cependant.

Nous nous sommes fait une loi de la sincérité. Nous ne passerons donc pas sous silence une aventure très-diversement racontée, cela est vrai, mais qui a fait trop de bruit pour être révoquée en doute, du moins quant au fait principal. Avant tout, commençons par établir nos réserves; nous laisserons aux biographes et aux chroniqueurs que nous citerons la responsabilité de leurs assertions.

Ce fut vers la fin de l'année 1830, assurent certaines personnes, que le duc de Reischtadt, en rentrant au château de Schœnbrünn en compagnie du baron d'Obenaus, fut tout à coup abordé dans l'escalier par une jeune femme qui lui était inconnue.

Le jeune prince s'arrêta fort surpris, et avant qu'il eût le temps de la réflexion, l'étrangère se saisit de sa main qu'elle serre avec vivacité, et elle la porte à ses lèvres; elle était silencieuse, mais, on le voyait, en proie à une violente émotion. Le baron d'Obenaus, témoin de cette scène, s'avança vers l'inconnue :

— Madame, lui dit-il, qui êtes-vous, et que venez-vous faire ici?

Alors l'étrangère, dans un état d'extrême agitation, répondit ces mots :

— Eh! qui donc peut me refuser la joie de rendre hommage au fils de mon souverain?

Le duc de Reichstadt gardait le silence; il restait immobile, mais son impassibilité n'était qu'apparente, car il était devenu très-pâle; il regardait fixement celle qui parlait ainsi.

On dit qu'elle ajouta alors, avec un accent étrange, ces étranges paroles :

« Prince, prince, voilà plusieurs mois que je cherche « l'occasion de vous voir et de vous entretenir. Puisque « le ciel me l'accorde aujourd'hui, écoutez-moi, je vous « en prie. Etes-vous un prince français ou bien un « archiduc autrichien? Au nom des horribles tourments « auxquels les rois de l'Europe ont condamné votre père, « songez que vous êtes le fils de l'Empereur; que ses « regards mourants se sont fixés sur votre image. Profi- « tez d'une occasion qui peut-être ne se représentera « plus. La France vous attend, elle vous appelle. Mettez « le pied sur la frontière, et de là vous serez porté en « triomphe jusqu'à Paris, comme Napoléon à son retour « de l'île d'Elbe. J'ai tout disposé pour une fuite. Ce soir, « dans une heure, nous quitterons l'Autriche si vous le « voulez. Dans quelques jours nous serons à Strasbourg, « et dans une semaine le sceptre impérial sera dans vos « mains.... Dites, mon prince, le voulez-vous?

C'était un enlèvement que proposait cette femme inconnue; elle avait médité et préparé ce coup audacieux devant lequel eussent reculé les plus hardis et les plus aventureux. Le prince ne put se défendre de tressaillir, mais la crise nerveuse qui le saisissait était si violente, qu'il fut obligé de s'appuyer contre le mur. L'étrangère redoubla ses instances :

— Dites, mon prince, le voulez-vous?

— Moi en France! répondit le prince; moi empereur!

— Oui, vous!

Un moment de plus d'hésitation amena une réflexion soudaine. Un doute traversa l'esprit du duc de Reichstadt : « Cette femme n'était peut-être qu'un agent de M. de Metternich. »

C'en était fait, tout était manqué; l'étrangère le comprit avec un sentiment douloureux qui lui arracha des larmes. Elle avait là devant elle la vivante image de l'Empereur; la beauté du prince la frappait d'admiration en même temps que son hésitation la désespérait. Mais que ne dut-elle pas éprouver d'amertume quand le duc lui répondit avec un calme glacial :

— Je ne sais vraiment pas, madame, ce que vous voulez me dire. Je ne pense pas à aller en France, et d'ailleurs, madame, je ne vous connais pas.

On assure qu'il fit cette réponse, et il est probable qu'il dut la faire ainsi. L'étrangère n'hésita plus à se nommer; elle crut un moment qu'elle entraînerait la volonté du duc en se faisant connaître.

— Qui je suis? dit-elle; je suis votre cousine.

Nous ne prononcerons pas son nom, assez d'autres l'ont écrit; quant à nous, un sentiment de délicatesse nous retient, puisque la personne qui est l'héroïne de cette aventure n'a pas cru devoir encore donner de la publicité et surtout de l'authenticité à ce fait étrange, hardi, mais qui du reste annonce une nature peu commune.

Le prince, dit-on, plus ému que jamais, répondit, cette fois avec bonté : — Pardon, madame, je ne puis vous entendre plus longtemps. Revenez me voir.

Ajouta-t-il ces derniers mots? C'est probable; dans

tous les cas, il les dit à voix couverte, car le baron d'Obenaus était là, et M. de Metternich pouvait tout apprendre de lui.

Le prince rentra brusquement dans ses appartements. L'étrangère (elle ne l'était plus pour lui) s'éloigna rapidement, le cœur serré, la tête brûlante, atteinte d'un chagrin qui laisse des traces pour toute la vie. Elle crut reconnaître que le fils de l'Empereur était indigne de son père. Elle se trompait, et par la suite elle reconnut cette erreur bien excusable dans un pareil moment.

Cette scène avait eu lieu à Schœnbrünn au mois de décembre 1830, lorsque la royauté de juillet, encore dans la *lune de miel* de son avénement, jouissait de toutes les illusions qu'elle avait inspirées et qu'elle fit perdre bientôt après. Rien n'étant donc préparé pour assurer le triomphe d'une entreprise comme celle qu'on proposait au duc de Reichstadt, il eût été insensé à lui de la tenter. Dailleurs, aurait-il même pu la tenter, surveillé comme il l'était, et n'eut-il pas été arrêté sur le seuil même du château impérial de Schœnbrünn?

IX.

Le duc de Reichstadt et le maréchal Marmont. — Mots heureux. — Derniers écrits. — L'aventure du jardinier. — Premiers symptômes de la maladie du prince. — Sa résignation.

Dans cette histoire anecdotique du roi de Rome nous nous sommes fait une loi de ne mêler que le moins possible des réflexions et des appréciations personnelles au récit des faits, à l'étude des caractères. Les faits historiques portent en eux-mêmes leur moralité, et les caractères leur philosophie. Raconter et peindre sont deux excellents moyens de traduire le passé pour l'avenir. En vérité nous ne voyons pas pourquoi tant d'écrivains se font moralistes dès qu'ils touchent à un point d'histoire. Il ne faut pas trop se défier de l'intelligence et de l'équité de la postérité. Mais c'est un peu la manie de notre époque de vouloir tout expliquer et tout établir, comme si l'époque future devait avoir moins d'esprit que nous. De l'esprit, mon Dieu ! est-ce que par hasard, sur ce point-là, nous nous croyons inférieurs à nos pères ? Non, non, rassurons-nous ; la société ne périra jamais par trop de modestie.

Vers la fin de janvier 1831, le maréchal Marmont, duc Raguse, se trouvait à Vienne, où il était l'objet de grandes prévenances et de beaucoup de curiosité. Ce fut à une grande soirée, chez l'ambassadeur d'Angleterre, lord Cowley, que le duc de Reichstadt rencontra le maréchal. A tort ou à raison, le fils de Napoléon pouvait avoir conservé certains sentiments de défiance et même certains ressentiments contre le duc de Raguse. Non, le fils de Napoléon ne voulut voir dans le maréchal Marmont que l'ancien aide-de-camp de l'Empereur, son père. Il s'approcha de lui et lui adressa la parole en lui tendant la main. Tout était oublié devant le malheur. Le maréchal fut attendri jusqu'aux larmes; et, comme le duc de Reichstadt lui témoignait le désir de causer avec lui au sujet des campagnes qu'il avait faites à la suite de l'Empereur, il lui répondit avec entraînement :

— Je suis à vos ordres, monseigneur.

Et on prit rendez-vous pour le lendemain.

« Ces entretiens particuliers, dit M. de Montbel, se succédaient régulièrement pendant trois mois. Le jeune homme leur prêtait une vive attention; ses yeux brillaient d'intelligence. Dans son profond regard le maréchal croyait retrouver les yeux et l'âme de Napoléon. Il suivait les détails des récits et les indications avec une insatiable avidité. Ses remarques étaient justes, précises; ses questions annonçaient une haute conception. »

Les événements de l'empire n'étaient pas les seuls qui intéressaient avec tant de vivacité le duc de Reichstadt. Il se préoccupait beaucoup aussi des faits et des causes qui se rattachaient à la dernière révolution, celle de 1830. Mais, à ses yeux, la royauté de juillet était une usurpation. Le duc de Raguse, dans ses Mémoires, a consigné cette opinion du prince, et il se plaît à louer en lui la netteté de jugement et l'équité avec lesquelles i jugeait la question du moment. Il est certain que le jeune prince avait parfaitement raison, lorsqu'il disait :

« Quelques hommes se sont arrogé le pouvoir de donner un roi à la France, sans son consentement formel. C'est un crime du lèse-souveraineté. Des mains de Charles X tombé, la souveraineté était passée à la nation tout entière. On devait respecter son droit et la consulter, ou bien se souvenir que c'était à moi qu'elle avait donné la couronne en 1804. »

On cite des mots charmants du jeune prince, et, entre autres, ce qu'il répondit à M. de La Rue aide-de-camp du maréchal Marmont, qui, sur le point de retourner en France, demandait au duc de Reichstadt ses ordres pour Paris.

« A Paris! dit le duc, mais je n'y connais personne; je me trompe, reprit-il avec un sourire mêlé de tristesse, j'y connais la colonne de la place Vendôme. »

Et le lendemain M. de La Rue recevait de lui un billet qui ne contenait que ces mots : « Quand vous reverrez la colonne, présentez-lui mes respects. »

Citons aussi cette parole venant du cœur qu'il dit un jour à sa chère archiduchesse Sophie à propos de ses sentiments pour la France et l'Autriche :

« L'Autriche est ma nourrice, mais la France est ma mère. »

Nous trouvons dans certains mémoires, qui ont révélé plusieurs écrits laissés par le jeune prince et publiés après sa mort, un récit au sujet duquel nous faisons nos réserves au point de vue de la véracité; nous voulons parler de l'anecdote du jardinier. Selon ce récit, le duc, en se promenant dans un des jardins de Schœnbrünn, aurait eu une conversation des plus étranges avec un jardinier, qui n'était autre qu'un soldat de la vieille garde. Ce brave aurait vécu à Schœnbrünn plusieurs mois sous un déguisement, et attaché comme horticulteur à la résidence impériale, dans le seul but de se mettre en rapport avec le *roi de Rome*. Certainement, ce vieux grenadier eût été doué d'une finesse incomparable, puisqu'il aurait trouvé le moyen d'échapper à la surveillance de la police de M. de Metternich, qui y voyait clair et qui exerçait un contrôle poussé jusqu'au scrupule le plus minutieux sur tous ceux qui entouraient la personne du prince. Le jardinier, dit le récit, causa avec le roi de Rome, et se révéla à lui. La conversation fut telle que le fils de l'empereur Napoléon en fut si ému qu'il en résulta une sorte de délire.

Oui, le délire était réel, et on peut s'en convaincre en parcourant les récits et les impressions contenus dans cet écrit posthume, en admettant toutefois qu'il fût de lui. Le prince, atteint déjà de la maladie à laquelle il succomba, put bien se trouver momentanément sous l'influence de la fièvre; il n'y aurait rien d'étonnant alors qu'il ait écrit les pages qu'on lui attribue. En les parcourant, on peut reconnaître qu'elles étaient le produit d'une imagination fortement ébranlée. L'aventure du jardinier elle-même doit être le résultat d'une hallucination. Illustre et malheureux enfant! le passé était sa gloire, le présent sa tristesse, et l'avenir.... sa folie; une folie de tendresse, de patriotisme et de nobles ambitions, entendons-nous.

Cependant, à mesure que le duc de Reichstadt approchait du moment fatal où il devait succomber, sa tête se calmait, et chez lui la raison, la sensibilité et l'intelligence reprenaient tout leur empire. Répétons ces belles paroles de lui :

« En voyant le soleil couchant caresser la verdure des arbres, un élan de reconnaissance me ramène aux vérités consolantes du christianisme ; je m'incline avec foi devant les mystères qui confondent la raison humaine.... C'est surtout lorsqu'on touche au terme qu'il est consolant de croire. »

Oui, il croyait; oui, les excellents principes qu'il avait reçus de sa bien-aimée gouvernante, au premier âge, se ranimèrent en lui plus vivants et plus triomphants que jamais à la fin de son existence. Il se résigna avec toute la douceur d'un chrétien sincère, et il mourut avec l'héroïsme calme d'un martyr.

X.

Insurrection italienne. — Le duc de Reichstadt demande à prendre part aux événements de la guerre. — Refus de l'empereur d'Autriche. — Récit de M. de Prokesch. — Il se sépare du prince. — Leurs adieux.

Les études savantes et les exercices militaires ne suffisaient plus au fils de l'empereur Napoléon. Cette nature ardente se sentait comprimée par la fatalité de sa position à la cour d'Autriche. Il était militaire, il se rappelait son origine; il avait entrevu à travers les prismes de l'espérance et peut-être aussi à travers ses rêves fiévreux, il avait entrevu un avenir magnifique pour lui.... On eût dit qu'à la lueur d'un éclair le lointain de la France lui était apparu. Aussi, il avait beau occuper ses journées et user ses forces par des exercices, des chasses, des manœuvres, tout cela était la vie sans résultat; il le disait à ses amis intimes : « L'inaction me tue. »

Dans les premiers mois de 1831, une circonstance bien inattendue vint s'offrir à lui de révéler à l'Europe son existence, en prenant une part active à de grands événements. L'insurrection gagnait l'Italie; la Romagne était soulevée; les Marches et les Légations pontificales se séparaient des États de l'Église; les États de Marie-Louise, le duché de Parme, étaient en pleine insurrection.

M. de Montbel nous fournit un document précieux sur ce sujet. Nous le laisserons parler des événements d'Italie et des sentiments du jeune prince dans cette occasion.

« A la première nouvelle des mouvements, dit-il, qui avaient eu lieu, effrayé pour sa mère, mais en même temps flatté de la fermeté qu'elle venait de montrer, le duc de Reichstadt s'écria : « Elle est fille de Marie-Thérèse. » Il courut demander à l'empereur la permission d'aller promptement à son secours. Ce monarque refusa d'accéder à sa demande, en lui en expliquant les motifs. Il se soumit, mais avec un extrême regret.

« Comment suis-je assez malheureux, disait-il à M. de Prokesch, pour être obligé de perdre la première occasion qui se présentait à moi de montrer à ma mère tout mon dévouement pour elle !....

« Et, dans de telles circonstances, je suis réduit à lui offrir des consolations stériles ! »

« Il lui adressa une lettre touchante, où il lui témoignait que, s'il n'eût dépendu que de sa volonté, il aurait déjà volé à son secours.

« C'est la première fois, lui disait-il, qu'il m'a été pénible d'obéir aux ordres de l'empereur. »

« Il insista de nouveau, mais sans succès, pour obtenir l'objet de sa demande. Jamais je ne l'avais vu si agité ; des pleurs s'échappaient de ses yeux. Il se montrait impatient de la guerre ; on eût dit qu'il était dans les tourments d'une fièvre continuelle ; il ne pouvait se captiver à aucun travail. Je lui en fis des reproches. Comment ! lui dis-je, pourrez-vous jouer un grand rôle si vous ne vous décidez pas à savoir triompher de vous-même ? Une contrariété doit-elle ainsi détruire l'équilibre de votre âme ? Doit-elle suffire pour vous écarter des travaux indispensables à votre instruction, à votre perfectionnement intellectuel ?

— « Le temps est trop court, me répondait-il ; il marche trop rapidement pour le perdre en longs travaux préparatoires ; le moment de l'action n'était-il pas évidemment venu pour moi ? »

« Les affaires de l'Italie, continue à son tour M. de Prokesch, avaient appelé toute l'attention de l'empereur d'Autriche ; il s'agissait de rétablir le calme dans les États romains. Les Marches, les Légations étaient dans un état d'extrême effervescence, produite, à la vérité, par un très-petit nombre d'agitateurs, mais par les menées actives d'un vaste système de propagande. Il était d'une haute importance d'arrêter ces mouvements dès l'origine, puisqu'ils tendaient à compromettre de proche en proche le repos de l'Italie entière ; les troubles qui s'étaient manifestés à Parme en offraient une preuve irrésusable. Je reçus ma mission pour Rome, et je pris congé du duc de Reichstadt. Dans les derniers jours que je passai près de lui, il me donna ce dessin que vous voyez : il représente un des chevaux arabes de son père. Lui-même l'a exécuté : c'est un lavis au bistre, fait avec intelligence et une connaissance pratique des chevaux. Vous savez, du reste, qu'il avait peu le goût et le sentiment des arts.

« Dans cette circonstance, je lui offris un fusil albanais que m'avait donné Ibrahim lors de l'échange entre les prisonniers grecs et égyptiens. Il voulut à son tour que j'eusse de lui un souvenir précieux ; il me donna sa montre, sur laquelle il a fait graver son nom et la date du jour où il me l'envoya avec la lettre suivante. Ceci est son expression habituelle ; dans la continuité de nos relations, il n'étudiait pas avec moi les formes de son style :

« **Vienne, le 31 mars 1831.**

« Depuis le commencement de notre amitié, c'est aujourd'hui la première fois que nous nous séparons pour un temps considérable. Des jours riches en faits pleins de grands événements passeront sans doute avant que nous puissions nous revoir. Pour moi, le sable ne coulera peut-être que pour marquer la suite de pesants et stériles devoirs ; peut-être l'honneur et la voix du destin exigeront de moi ce qui m'est le plus difficile, le sacrifice du vœu le plus ardent de ma jeunesse, à l'instant même où son accomplissement se présente à mes yeux avec de si vives et si séduisantes couleurs. Dans quelque position que le sort puisse me placer, comptez toujours sur moi : la reconnaissance et l'amitié m'attacheront toujours à vous. Les soins que vous avez voués à mon développement militaire, vos observations d'une courageuse sincérité, la confiance que vous m'avez accordée, enfin la sympathie de nos natures, doivent vous garantir la durée de mes sentiments.

« L'amitié ne juge pas la valeur matérielle des souvenirs ; elle ne les considère que dans le prix qu'elle-même sait leur donner. Acceptez donc cette montre : c'est la première que j'aie portée : elle ne m'a pas quitté depuis six ans. Puisse-t-elle marquer pour vous des heures toujours fortunées ! Puisse-t-elle vous indiquer le véritable moment de la gloire ! Mais, en l'interrogeant, rappelez-vous toujours que c'est vous qui m'avez enseigné le véritable emploi du temps et la science plus difficile de l'attendre.

« Si je comprends bien le but de votre mission, ce n'est pas une affaire qui puisse suffisamment occuper vos facultés ; mais vous qui connaissez le monde et qui savez le voir, elle vous présente une avantageuse occasion d'apprécier ce mouvement révolutionnaire dans sa nature et dans ses liaisons, de juger de la force actuelle de cette nation relativement à son avenir ; elle vous conduit enfin sur cette terre qui nous a laissé un modèle presque inabordable de puissance et de grandeur.

« J'écrirai dans peu à ma mère, en lui parlant de vous avec toute la chaleur des sentiments que vous avez su inspirer à votre sincère ami.

« F. DE REICHSTADT. »

Ainsi le fils de Napoléon, retenu en Autriche par la volonté de son grand-père, perdait l'occasion, la seule occasion peut-être, de se mêler aux événements politiques, et de montrer au monde cette intrépidité et ce génie de la guerre qui fermentaient en lui. Il eut la douleur de voir partir son ami pour l'Italie où il eût été si glorieux pour lui de le suivre. Depuis ce moment-là le chagrin s'empara de lui et hâta le développement de sa maladie.

XI.

Dépérissement de la santé du Prince. — Le docteur Malfatti. — Relation du docteur. — Voyage en Hongrie. — Retour à Schœnbrünn. — Progrès de la maladie. — L'archiduchesse Sophie. — Marie-Louise. — Derniers moments du Prince. — Sa mort. — Résumé de ce livre.

L'altération profonde qui se manifesta dans la santé du duc de Reichstadt datait de l'époque où il avait pris du service actif à l'armée ; vers la fin de novembre 1830. Depuis ce moment on remarqua en lui des traces non équivoques d'un dépérissement provenant des fatigues et de l'ardeur avec lesquelles il s'adonnait à la profession des armes. Il était prédisposé depuis quelque temps à la phthisie de la trachée-artère. L'empereur d'Autriche, prévenu de l'état de son petit-fils qu'il aimait tendrement, voulut s'opposer à cette fougue qui l'entraînait aux exercices violents qui le passionnaient. Les conseils et les ordres même furent fort peu écoutés. On attacha à sa personne un très-habile médecin, le docteur Malfatti.

« Je fus appelé par le duc de Reichstadt (1), avec le titre de son médecin ordinaire, dans le mois de mai 1830.

(1) Récit du docteur à M. de Montbel.

Je succédais à trois hommes d'une haute réputation : le célèbre Frank, les docteurs Goëlis et Standenheimer. M. de Hubeck avait rempli près du prince les fonctions de chirurgien ordinaire. Ces médecins n'avaient pas laissé de journal de la santé du jeune duc. M. le comte de Diétrichstein eut la bonté d'y suppléer en m'instruisant de beaucoup de détails qu'il était indispensable de connaître.

« Le prince mangeait très-peu et sans appétit ; son estomac semblait trop faible pour supporter la nourriture qu'aurait exigée sa croissance singulière et rapide, et même effrayante : à l'âge de dix-sept ans, il avait atteint la taille de cinq pieds huit pouces. De légers maux de gorge le faisaient souffrir de temps en temps ; il était sujet à une sorte de toux habituelle et à une journalière excrétion de mucosités. Le docteur Standenheimer avait déjà manifesté de vives inquiétudes sur la prédisposition du prince à la phthisie de la trachée-artère. Je pris connaissance des prescriptions qui avaient été décidées contre ces symptômes inquiétants.

« La connaissance personnelle que j'avais de l'existence d'une disposition morbifique héréditaire dans la famille de Napoléon dirigea mes premières recherches, et je m'assurai de l'existence d'une affection cutanée (*herpes farinaceum*). Je ne pus approuver l'usage des bains froids et de la natation que le chirurgien, M. de Hubeck, avait aussi combattus, peut-être par suite seulement de la connaissance qu'il avait acquise de la faible organisation de la poitrine du prince. Dans le but de réagir sur le système cutané, j'employai avec succès les bains muriatiques et les eaux de Seltz coupées avec du lait.

« Le prince devait passer à l'état militaire dans l'automne suivant ; c'est là que tendaient ses vœux, que se concentraient tous ses désirs ; il avait déjà obtenu l'autorisation tant sollicitée. Je ne me recommandai pas à ses bonnes grâces, comme vous pouvez vous l'imaginer, lorsque je m'opposai formellement à ce changement de vie ; j'en développai les raisons à ses augustes parents dans un mémoire que je leur adressai le 15 juillet 1830. J'établissais que, dans l'état de croissance excessive, en disproportion avec le peu de développement des organes, dans la disposition générale de faiblesse, particulièrement de la poitrine, toute maladie accessoire pourrait devenir extrêmement dangereuse, soit dans le présent, soit dans l'avenir ; et que, par suite, il était indispensable de mettre le prince à l'abri de toutes les influences atmosphériques, de tous les efforts de voix auxquels il serait continuellement exposé dans le service militaire.

« Le mémoire fut accueilli par l'empereur : l'entrée au service fut ajournée pour six mois. A la suite de soins assidus et de révulsions artificielles, les symptômes inquiétants se mitigèrent d'une manière visible : l'hiver se passa heureusement ; mais la croissance continuait encore.

« Au printemps de l'année 1831, le prince fit son entrée dans la carrière des armes. Dès ce moment, il rejeta tous mes conseils ; je ne fus plus que spectateur d'un zèle sans mesure, d'un emportement hors de limite pour ses nouveaux exercices. Il crut ne devoir écouter désormais que sa passion, qui entraînait son faible corps à des privations et à des actions absolument au-delà de ses forces. Il eût regardé comme une honte, comme une lâcheté de se plaindre sous les armes. D'ailleurs, j'avais toujours à ses yeux le tort grave d'avoir retardé sa carrière militaire ; il paraissait redouter que mes observations ne vinssent encore l'interrompre. Aussi, quoiqu'il me traitât avec une extrême bienveillance dans les relations sociales, comme médecin, il ne me dit plus un seul mot de vérité. Il me fut impossible de le déterminer à reprendre l'usage des bains muriatiques et des eaux minérales qui lui avaient été si utiles l'année précédente. Le temps lui manquait, me disait-il.

« Plusieurs fois je le surpris dans la caserne dans un état d'extrême fatigue. Un jour, entre autres, je le trouvai couché sur un canapé, épuisé de forces, exténué, presque défaillant. Ne pouvant me nier alors l'état pénible où je le voyais réduit :

« J'en veux, dit-il, à ce misérable corps, qui ne peut pas suivre la volonté de mon âme.

— « Il est fâcheux, en effet, lui répondis-je, que Votre Altesse n'ait pas la faculté de changer de corps comme elle change de chevaux quand elle les a fatigués ; mais, je vous en conjure, monseigneur, faites attention que vous avez une âme de fer dans un corps de cristal, et que l'abus de la volonté ne peut que vous être funeste. »

« Sa vie, en effet, était alors comme un véritable procédé de combustion ; il dormait à peine pendant quatre heures, quoique naturellement il eût besoin d'un long sommeil ; il ne mangeait presque pas ; son existence était entièrement concentrée dans le mouvement du manége et de tous les exercices militaires ; il ne connaissait plus de repos ; sa croissance en longueur ne s'arrêtait pas ; il maigrissait graduellement, et souvent prenait une couleur livide. A toutes mes questions, il répondait toujours : « Je me porte parfaitement « bien. »

« Dans le mois d'août, il fut atteint d'une forte fièvre catarrhale ; tout ce que je pus obtenir, ce fut de lui faire garder la chambre et le lit pendant un jour.

« Nous conférâmes avec le général comte de Hartmann de la nécessité de mettre un terme à un régime aussi dangereux pour cette frêle existence.

« Je fis à cet égard un exposé de tous les dangers imminents qu'il fallait conjurer par un prompt changement de regime et par un repos absolu. Le choléra venait d'éclater à Vienne : dans une situation aussi critique, la moindre atteinte du mal régnant devait être mortelle. Le comte de Hartmann se chargea de présenter ce rapport à l'empereur, qui me fit transmettre l'ordre de venir le lui répéter textuellement en présence du duc de Reichstadt, à l'issue de la revue militaire qu'il devait passer le lendemain sur la Schmölz, près de Vienne. Je me rendis exactement, à l'heure indiquée, sur ce champ de manœuvres où l'empereur, se mêlant aux troupes et au peuple, voulait ainsi rassurer, par son exemple, contre les terreurs de la contagion. Quand la revue fut terminée, je m'approchai de Sa Majesté et je lui répétai mon rapport. L'empereur, s'adressant alors au jeune prince, lui dit : « Vous venez d'entendre le docteur

Malfatti ; vous vous rendrez immédiatement à Schœnbrünn. »

« Le duc s'inclina respectueusement en signe d'obéissance ; mais, en se relevant, il me lança un regard d'indignation.

— « C'est donc vous qui me mettez aux arrêts ! » me dit-il avec un accent de colère, et il s'éloigna rapidement.

« Les deux mois de repos absolu qu'il passa à Schœnbrünn furent comme un baume vivifiant pour ses organes délabrés ; ses forces se rétablirent ; son visage perdit cette teinte livide si effrayante, et recouvra une meilleure expression ; il dormait alors pendant huit à neuf heures de suite ; la nature semblait ainsi vouloir reprendre le repos qu'elle lui avait si longtemps refusé ; les douleurs qui avaient déchiré sa poitrine s'amortirent et disparurent.

« Le séjour du prince à Schœnbrünn lui fut évidemment avantageux sous le rapport de la santé, dit à M. de Montbel le général de Hartmann ; il vivait dans l'intimité de la famille impériale, continuait à s'occuper de lectures militaires, montait à cheval chaque jour pendant plusieurs heures, et assistait à toutes les grandes manœuvres avec le commandant général. L'empereur se proposait ainsi de ménager sa voix et ses moyens physiques, en même temps qu'il lui fournissait l'occasion de s'exercer dans l'art militaire, dans ses rapports avec les grands commandements. Une seule fois, à la grande revue où l'empereur fit exercer les troupes sous ses yeux, il demanda à Sa Majesté, et en obtint la permission de prendre le commandement de son bataillon.

« Peu après, il voulut suivre l'empereur aux grandes chasses qui ont lieu dans cette saison. L'humidité, le froid et la fatigue renouvelèrent ses accidents et ses souffrances. Son état de faiblesse n'avait jamais entièrement disparu ; il se manifestait par une propension à un sommeil qui ressemblait à de l'engourdissement ; des symptômes fâcheux se déclarèrent de nouveau : ses mains devinrent jaunâtres, circonstance souvent observée dans le prince dès ses premières années, qu'on avait attribuée successivement à des engelures, à l'insensibilité de la peau, à un défaut de force vitale, et qui avait résisté à tous les efforts de l'art.

« Cependant le duc de Reichstadt, chagriné d'être privé de ses habitudes militaires, cherchait à dissimuler : il avait la ferme volonté de n'être pas malade, et, quoiqu'il eût une véritable confiance dans les talents du docteur Malfatti et qu'il l'honorât de son affection, il s'efforçait d'échapper, par ses réponses, à ses observations attentives, et il refusait de se soumettre à des prescriptions qui lui auraient été salutaires. Aussi, un jour le docteur lui disait, dans son mécontentement :

« Comme prince bon et aimable, j'ai pour vous un profond attachement ; mais je ne vous aime pas comme malade.

— « Et moi, répondit le prince, je vous aime beaucoup comme savant et homme d'esprit... mais vous savez que je déteste la médecine. »

« La dernière fois qu'il parut avec les troupes, ce fut sur la place de Joseph, pour assister au service funèbre du général de cavalerie Siegenthal. La température était très-froide, et, en s'efforçant de commander son bataillon, il perdit la voix. On sut depuis que, ce jour-là même, il avait la fièvre, circonstance qu'il avait soigneusement cachée.

« Quelques ménagements auxquels on s'efforçât de l'assujettir, la fatigue, sur ce corps déjà usé par la souffrance, détermina bientôt une nouvelle maladie et vint mettre fin à son service militaire, quoique, peu de temps après, l'empereur l'eût nommé colonel en second du régiment où il avait servi. Il fut atteint d'une fièvre rhumathique, catarrhale et bilieuse, laquelle, par les soins éclairés du médecin, arriva à sa crise principale au septieme jour; après quoi elle passa du caractère de fièvre subcontinue à celui d'intermittente quotidienne.

« Une grande précaution se présentait pour le traitement de ce mal. C'était l'état critique de la poitrine et des viscères, particulièrement du foie; cet état faisait redouter que, agissant sur ces organes fortement affectés, la fièvre, accessoire dans l'origine, ne devînt secondaire, de nature suppuratoire.

« Le docteur Malfatti avait décidé d'envoyer le prince aux bains d'Ischl dès que la saison le permettrait. Il en espérait des effets heureux si l'on pouvait attendre l'époque favorable. Des remèdes, administrés avec intelligence, suspendaient le mal, arrêtaient la fièvre; mais alors l'esprit actif du jeune prince le précipitait dans des entreprises imprudentes qui ravivaient la maladie et en aggravaient les symptômes. Le docteur Malfatti était au désespoir.

« Il semble, disait-il, qu'il y ait dans ce malheureux jeune homme un principe actif qui le pousse à se suicider : tous les raisonnements, toutes les précautions échouent contre cette fatalité qui l'entraîne »

« L'équinoxe du printemps fut une époque funeste : les pluies, que bravait le prince, lui occasionnèrent des refroidissements, de la fièvre, réveillèrent ses maux chroniques et provoquèrent des engorgements au foie et des excitations de nature suspecte.

« Dans le mois d'avril, à ce pénible état se joignirent des symptômes d'accélération de pouls par intervalle, avec sentiment de froid : l'amaigrissement résultant des expectorations et de la suspension des facultés digestives, frappa les docteurs Raiman et Viehrer, que, pendant un violent accès de goutte, le docteur Malfatti avait désignés pour le suppléer dans ses visites au prince. Le régime que l'accord de ces trois médecins prescrivit au malade arrêta la fièvre, qui avait pris le caractère d'accès.

« Une amélioration notable dans l'état du prince avait engagé ceux qui le soignaient à lui permettre de prendre l'air à cheval et en voiture, mais c'était à la condition de l'exercice le plus modéré. Il se soumit pendant quelque temps. Un jour, s'étant obstiné à sortir par un temps froid et humide, saisi par l'action de l'air, il courut longtemps de toute la vitesse de son cheval. Le soir, il alla encore se promener au Prater, en voiture découverte. Ce site, dans une île du Danube, est extrêmement humide ; il y resta jusqu'après le coucher du soleil. Un accident ayant brisé une roue de sa voiture, il s'élança sur la route, mais il ne put se soutenir ; ses forces l'avaient abandonné, il tomba. Cette journée imprudente fut suivie d'un accès violent et d'une fluxion de poitrine qui détermina les plus graves accidents, et notamment la perte de l'ouïe de l'oreille gauche.

« Par ordre de l'empereur, et sur la demande du médecin ordinaire, eurent lieu à Vienne et à Schœnbrünn plusieurs consultations où furent appelés les docteurs Vivenot, Viehrer et Turckeim. »

Le prince avait fait un voyage en Hongrie, qui paraissait avoir amené quelque amélioration dans son état. Le séjour de Presbourg lui procura des distractions et lui fit oublier heureusement ses préoccupations, ses études fatigantes et ses penchants pour les exercices violents. Il écrivait à un de ses amis des lettres où une sorte de gaîté perçait à travers sa mélancolie ordinaire : « Le séjour de Presbourg est brillant, une fête, une pa-« rade, une réception chasse l'autre; mais je puis pour-« tant vouer deux ou trois heures à la lecture. Nous re-« cevons tous les jours les gazettes, grâce à votre « bonté. »

La lecture ! les gazettes ! Ce pauvre prince ne pouvait donc se décider à rompre avec ses ennemis jurés. L'étude et le travail le tuaient, et il aimait le travail et l'étude avec passion.

Nous touchons au terme de cette vie si remplie d'émotions. Elle aurait pu être calme et en quelque sorte heureuse; elle fut dévorée par de nobles mais ardentes passions.

De retour à Schœnbrünn, il ne fut plus permis de se faire illusion sur une santé si délabrée. Les médecins parlèrent franchement, et l'illustre malade comprit tout. Il vit en face la vérité sans faiblesse, mais non pas sans espoir. Quel malade désespéré renonce à la vie? et surtout quel malade de vingt-deux ans n'a pas au fond du cœur une arrière-pensée de revoir encore le beau printemps de sa jeunesse? D'ailleurs on promettait au prince un voyage à Naples, et cette perspective souriante le ranimait.

Mais, vers la fin de juin (1832), la maladie fit des progrès effrayants. Il fallut annoncer au prince sa fin prochaine. Ce fut monseigneur Vagner, son ancien précepteur, qui vint lui parler du renoncement à la terre pour le ciel. Ce fut aussi une tendre et auguste femme qui vint soutenir et consoler le malade dans cette dernière épreuve.

L'archiduchesse Sophie, avertie depuis longtemps, ne quittait plus Schœnbrünn ; elle accourut auprès du duc de Reischtadt au moment suprême. Ainsi la religion et l'amitié veillaient ensemble sur le pauvre prince ; ainsi elles vinrent ensemble lui parler de Dieu avec cet accent d'ineffable tendresse dont elles ont seules le secret. Le malade reçut le viatique devant toute la famille impériale assemblée. A cette touchante cérémonie tout le monde était en pleurs, et la piété du duc se révéla par des paroles d'une résignation et d'une foi toutes chrétiennes.

Avertie du danger, Marie-Louise partit de Trieste, où elle se trouvait alors, et elle arriva à Schœnbrünn le 24 juin. En revoyant son fils mourant, cette mère, si oublieuse jusque-là, versa des pleurs abondants. Sa douleur eut une expression à laquelle on ne put se méprendre. Le prince tendit les bras à sa mère et parut heureux encore de ce dernier bonheur. Oui, tout était pardonné! Marie-Louise, au chevet du lit de l'illustre moribond, pleura sur ses propres erreurs à elle, autant que sur la perte de son fils, nous n'en doutons pas.

Le 22 juillet les médecins annoncèrent que le malade ne passerait pas la journée. Il y eut au château une grande agitation. Pour les uns, la mort du duc de Reischtadt était un événement politique; pour d'autres, c'était une perte douloureuse : ceux-ci étaient le petit nombre. Le duc avait des amis sincères, dévoués; ils avaient eu mille occasions d'apprécier la bonté de son cœur, l'élévation de son esprit et la fermeté de son caractère, que la *dépendance*, je dirai même la captivité en quelque sorte, n'avait pu altérer.

Le prince souffrait de cruelles douleurs avec un courage calme et une sérénité d'esprit digne d'admiration. Il voulait mourir en roi, tout en abandonnant la vie en bon chrétien. A son heure suprême, toute la majesté du fils de Napoléon apparaissait en lui, mais une majesté simple et grande, dégagée de toute pensée d'orgueil. Quelquefois sa nature tendre et aimante se révélait, soit par des paroles touchantes, soit par des gestes et des regards. On voyait que cette belle âme avait besoin d'être aimée. Ses élans les plus sympathiques étaient pour cet ange consolateur qui avait été la joie de sa vie, pour cette ravissante et noble archiduchesse Sophie, sa chère confidente. Marie-Louise et l'archiduchesse, retirées dans un cabinet près de la chambre du malade, pleuraient ensemble et attendaient le dernier moment.

Chose singulière ! la veille de la mort du prince, pendant un violent orage, la foudre était tombée sur le château de Shœnbrünn et avait brisé une des aigles à deux têtes qui dominaient la corniche du bâtiment. Cet accident avait été regardé comme un présage par le peuple de Vienne. Il ne se trompait pas. Il est assez remarquable que des faits de ce genre aient été signalés très-souvent à l'occasion de certaines morts illustres. L'antiquité surtout nous a laissé les plus merveilleux documents à ce sujet.

Ce fut vers les trois heures de l'après-midi, dans la journée du 22 juillet, qu'une agitation convulsive se manifesta chez le malade : jusque-là il avait été assez calme, peut-être par une force de volonté presque surnaturelle.

Tout à coup il se dressa sur son séant, et il jeta un grand cri ; puis il prononça ces paroles : « Je me meurs ! « je me meurs ! (*ich gehe unter !*) » Sa voix s'affaiblit, et il ajouta : « Ma mère ! ma mère ! »

L'archiduchesse Sophie et Marie-Louise accoururent. On appela monseigneur Vagner, qui lui administra les derniers sacrements. Le prince tomba dans un affaiblissement profond ; il tint constamment la tête tournée vers une fenêtre ouverte et ne cessa de regarder le ciel. Bientôt le délire gagna son cerveau. L'agonie ne fut pas longue : à cinq heures et quelques minutes il rendit le dernier soupir...

Ainsi mourut, le 22 juillet 1832, au château impérial de Schœnbrünn, le fils de Napoléon-le-Grand ; dans cette même résidence d'où son père, en 1809, donnait la paix à l'Autriche, après la victoire de Wagramm.

Nous avons écrit la vie du roi de Rome, Napoléon II, avec la sincérité de cœur et d'intention qui doit toujours guider un historien, nous nous sommes senti entraîné vers cette noble et pâle figure dont le souvenir est si attendrissant; nous avons étudié cette belle intelligence que le malheur n'avait pu atteindre, et ce caractère ferme qui se résigna, mais qui ne s'abaissa jamais; nous avons cherché à traduire de notre mieux nos sentiments et nos impressions, comme aussi à révéler les événements de la vie privée du prince avec cette bonne foi et cette circonspection qui sont dues à une mémoire comme la sienne; nous avons fait notre œuvre et nous la livrons aujourd'hui à la publicité, en espérant qu'elle pourra intéresser et peut-être même instruire; en espérant aussi que tous ceux qui liront ce livre nous sauront gré de nos intentions. Le suffrage des bons esprits et des cœurs honnêtes, voilà vraiment le plus beau succès et le plus désirable.

FIN.

NOTES ET DOCUMENTS.

FUNÉRAILLES DU DUC DE REICHSTADT.

Extrait de l'ouvrage de M. de Montbel, *témoin, lui-même, de cette cérémonie.*

Le duc de Reichstadt resta exposé à Schœnbrünn, sur son lit de mort, pendant la journée du dimanche. Le lundi 23 juillet, on procéda à l'autopsie cadavérique. L'état squirreux et carcinomateux de ses poumons, l'absence presque absolue du sternum, et la faible construction de la poitrine resserrée, indiquaient évidemment les causes irremédiables de sa mort, et démontraient qu'aucun secours n'aurait pu sauver son existence.

Dans la nuit suivante, il fut transporté à Vienne, en litière, à la lueur des flambeaux. Le peuple se pressait sur son passage, en foule, mais avec ordre et dans un morne silence. On le déposa dans la chapelle de la cour, dans cette antique partie du palais commencé par Ottocar et terminé par le fils de Rodolphe de Habsbourg.

La chapelle était drapée de noir et ornée de linteaux aux armes

du prince; aux différents autels, des prêtres offraient le sacrifice; au centre, sur trois degrés recouverts de velours noir, ornés d'armoiries et entourés de trois rangs de grands candélabres d'argent, s'élevait un double cercueil ouvert; l'extérieur était revêtu de velours rouge, orné de broderies d'or et supporté sur quatre globes de vermeil; des anses du même métal étaient aux deux extrémités du cercueil, dont les faces étaient ornées de couronnes d'or. A droite, sur un coussin de velours, étaient placés la couronne ducale et le collier de Saint-Étienne; à gauche, le chapeau militaire, l'épée et la ceinture, marque distinctive du grade. A la tête du cercueil, une coupe et un vase d'argent renfermaient le cœur et les entrailles, qui, suivant l'usage, devaient être déposés dans la cathédrale et dans l'église des Augustins. Des officiers de la garde allemande et hongroise, dans leurs somptueux uniformes rouges étincelants d'or et de broderie, étaient placés aux quatre angles. Des huissiers du palais maintenaient l'ordre parmi la foule, qui circulait en silence. Tous les yeux étaient tristement fixés sur le prince. Sa stature semblait devenue colossale. Ses traits, flétris par une longue souffrance, conservaient toutefois un caractère de beauté, de noblesse et de résignation; ses lèvres amaigries s'étaient légèrement contractées, et sa figure, en qui la maladie avait produit l'effet de l'âge, nous parut avoir une frappante ressemblance avec les représentations de Napoléon sur son lit de mort. Il était en bottes et éperons, revêtu d'un pantalon bleu brodé d'argent, et d'un habit blanc avec ses décorations : c'était l'uniforme du régiment où il avait appris le métier des armes, et dont le prince Gustave Wasa fut nommé propriétaire après la mort du président de guerre comte de Giulay.

Le soir, à cinq heures, j'étais sur la place Joseph. Un grand nombre de jeunes orphelins, portant des torches, ouvraient la marche; le clergé sortait en procession de l'église des Augustins; le régiment de Wasa bordait la haie et fermait l'escorte. Le cortége se mit en mouvement. Fermé et recouvert d'une large croix de drap d'argent, le cercueil fut déposé dans une voiture de forme antique, recouverte de maroquin rouge et ornée d'une broderie de clous dorés. Conduits en main par des valets de pied aux livrées d'Autriche, six magnifiques chevaux blancs, richement caparaçonnés, traînaient ce char funèbre, que précédait une autre grande voiture de parade où se trouvaient les ecclésiastiques spécialement chargés des funérailles. Les officiers du prince, sa maison, les équipages de la cour suivaient le convoi.

A la porte de l'église sépulcrale, les religieux, gardiens du tombeau des empereurs, reçurent le corps, qui fut porté dans le chœur, où l'accompagnèrent le roi, la reine de Hongrie, la famille impériale et les dignitaires de la cour.

Après les absoutes, on descendit le corps dans les souterrains. M. le comte de Czernin, remplissant les fonctions de grand-maître de la cour, ayant constaté devant les assistants la présence des restes mortels du duc de Reichstadt, fit fermer le cercueil, pour la dernière fois, de deux clefs, dont l'une fut remise par le comte aux religieux; l'autre dut être déposée au trésor impérial.

Avant les funérailles, les officiers du prince avaient porté le vase qui contenait les entrailles dans les caveaux de l'antique basilique de Saint-Étienne, un des monuments les plus solennels du moyen-âge. Le cœur, renfermé dans une coupe d'argent, fut déposé dans l'église des Augustins, près du tombeau de Léopold II, du vaillant et illustre maréchal Daun, non loin de ce beau mausolée de Marie-Christine, touchante et sublime conception du génie de Canova, et peut-être le chef-d'œuvre de son immortel ciseau.

Le logement du prince, à Vienne, était spacieux, mais simple.

Auparavant, il avait été occupé, à différents intervalles, par le grand-chancelier d'État de l'empire germanique, par l'archiduc Rodolphe, et passagèrement par le roi de Saxe. La salle d'attente est ornée de tapisseries représentant des marches militaires de Charles VI en Espagne, et la salle de réception de tentures des Gobelins représentant des sujets mythologiques d'après les tableaux de Jules Romain. Présent de Louis XV, ces tapisseries sont encadrées de riches bordures parsemées de fleurs de lis, de LL entrelacés et d'écussons aux armes de France; elles étaient couvertes en partie par les belles cartes encyprotypes de Brué, dédiées au comte d'Artois, et par la carte non moins remarquable de l'empire d'Autriche, de Müller et Pilsach.

Plusieurs instruments de météorologie, de John Hahnackzyck, étaient appendus aux embrasures des croisées. Les ameublements, d'une extrême simplicité, consistaient en bureaux, en tables à écrire et trois armoires de livres : l'une renfermait les œuvres des grands poëtes et des historiens célèbres de l'Allemagne, ainsi que plusieurs beaux ouvrages de la littérature italienne; les deux autres étaient entièrement consacrées aux auteurs modernes qui ont écrit sur l'histoire de nos jours, principalement de Napoléon. Là, je vis réunis les écrits de Bignon, d'Arnault, de Jouy, de Norvins, de Bourienne, de Las Cases, d'O'Méara, les divers journaux des sciences militaires, les travaux de Ségur, de Jomini, de Vaudoncourt.

Dans la chambre du duc de Reichstadt, en face de son bureau et au-dessus de son lit, on voyait un beau portrait de Napoléon en uniforme de sa garde. Cette tête, digne du talent de Gérard, est peinte dans un champ ovale, et se rapporte à la dernière époque de l'Empire; l'expression de sa physionomie a quelque chose de triste, de soucieux, de profondément sévère. Un grand corps de bibliothèque, surmonté du buste de l'empereur François, un pied d'ébène sur lequel reposaient différentes armes, la représentation en relief du château ducal de Sala, habité par Marie-Louise, tels étaient les objets les plus apparents de cette chambre.

Sur son bureau étaient encore restés les derniers écrits, les derniers travaux graphiques, les livres de prédilection du duc de Reichstadt. J'examinai ces diverses indications de ses dernières pensées : là, parmi plusieurs ouvrages, je remarquai l'*Histoire du grand Condé*, la *Guerre des Anglais en Espagne et en Portugal*, par Jones.

« Voici ses lectures de choix, me dit M. de Foresti : les *Aphorismes de Montécuçulli*, dont le regard perçant lui plaisait ; les *Instructions de Frédéric*. Les mouvements stratégiques de cette époque, s'opérant avec des troupes moins nombreuses que de nos jours, lui paraissaient plus intéressants à étudier, parce qu'on peut en saisir plus facilement l'ensemble et la pensée ; aussi a-t-il beaucoup travaillé sur la guerre de Sept-Ans. »

Je remarquai sur cette table les chants d'Ossian, traduits en vers français par M. Baour de Lormian : « C'est, me dit M. de Foresti, un livre de poésie que sur sa fin le prince avait pris en affection ; chaque jour il en apprenait quelques fragments. D'après son penchant peu poétique, j'ai soupçonné qu'il avait été dirigé, dans cette circonstance, par l'espèce de culte que rendait son père au génie du barde gallique. Du reste, il n'apprit volontairement d'autres vers que des passages de la *Jérusalem délivrée*, son poëme de prédilection. »

Dans le salon du duc, on voyait une pendule fort simple ; elle était ornée de deux aigles contemplant le feu sacré, et d'un bas-relief qui représente l'aigle de Jupiter, enivré de nectar, s'endormant sur les genoux d'Hébé. Par un singulier concours de circonstances, me dit-on, cette pendule a cessé son mouvement le 22 juillet, à l'heure même où le prince a fini d'exister.

Les fenêtres de l'appartement donnent sur la grande cour d'honneur du château, en face des corps-de-garde. « Voilà, me dit M. de Foresti, le plus grand obstacle à l'attention du prince dans son enfance; cet appareil militaire, ces canons, ces parades, cette musique, la seule qui lui plaisait, le détournait à chaque instant des leçons auxquelles nous nous efforcions, quelquefois vainement, de le captiver. »

Nous fûmes voir au trésor impérial le magnifique berceau offert par la ville de Paris au duc de Reichstadt. Quand le duc de Reichstadt reçut ce monument de son existence passée, le prince de Metternich lui demanda quelle destination il voulait lui donner.

« Nul ne rentre dans son berceau quand il l'a quitté, dit le duc en souriant; jusqu'ici c'est l'unique monument de mon histoire, je tiens à le conserver. »

« Ma tombe et mon berceau seront bien rapprochés l'un de l'autre ! » disait le prince dans ses derniers jours. Quelques pas, en effet, nous conduisirent à l'église sépulchrale. Un religieux nous ouvrit les portes d'airain des caveaux funèbres.

Le cercueil du duc de Reichstadt était encore resté dans le vestibule de cette lugubre enceinte; placé au centre, sur une estrade, il contrastait par l'éclat du velours, des ornements d'or et de la croix d'argent qui le recouvraient, avec l'aspect sombre et uniforme des tristes objets dont il était entouré. Le général Hartmann ne vit pas sans une profonde émotion ces restes silencieux d'une existence naguère si active. Il m'indiqua la place que l'empereur avait désignée pour le prince. Le cercueil n'était pas encore recouvert de son enveloppe de cuivre. Comme toutes les autres, elle doit être ornée d'une grande croix tressée. Au-dessous, on grave l'inscription suivante :

« A l'éternelle mémoire de Joseph-François-Charles, duc de

Reichstadt, fils de Napoléon, Empereur des Français, et de Marie-Louise, archiduchesse d'Autriche, né à Paris le 20 mars 1811; salué dans son berceau du nom de roi de Rome; à la fleur de son âge, doué de toutes les qualités de l'esprit et du corps, d'une imposante stature, de nobles et agréables traits, d'une grâce exquise de langage; remarquable par son instruction et par son aptitude militaire. Il fut attaqué d'une cruelle phthisie, et la mort la plus triste l'enleva dans le château des empereurs, à Schœnbrünn, près de Vienne, le 22 juillet 1832. »

Prince infortuné, lorsque, dans de pénibles angoisses, vous approchiez lentement de la tombe, vous vous écriâtes avec douleur :

« Si jeune, hélas! faut-il donc déjà terminer une vie inutile et sans renommée!.. Ma naissance et ma mort, voilà donc toute mon histoire!.... »

Le rapport suivant fut écrit deux ans avant la mort du duc de Reichstadt. On avait déjà bien peu d'espoir de sauver la vie du prince :

RAPPORT

SUR L'ÉTAT DE SANTÉ DE SON ALTESSE LE DUC DE REICHSTADT.

D'après les souffrances passées, leur traitement médical et les observations que je viens de faire sur la santé de Son Altesse, il résulte :

1° Que, par suite d'une croissance extrêmement rapide, et d'une remarquable disproportion dans le développement physique, le prince se trouve dans un état général de faiblesse qui doit nous inquiéter, particulièrement l'état de la poitrine;

2° Qu'en conséquence de la faiblesse de la poitrine, Son Altessé est facilement atteinte d'affection catarrhale et sujette à une toux d'irritation qui a principalement son siége dans la trachée-artère et dans les bronches. La fréquence et la durée de cette souffrance locale n'a pas, sans une grande raison, alarmé les médecins précédents; c'est pour cela que, même à cette heure, il a été ordonné à Son Altesse de boire les eaux de Seller au lait.

3º Outre le développement retardé des organes de la poitrine, je crois devoir admettre encore, comme cause de la maladie, une discrasie de tout le système cutané. J'ai retrouvé réellement sur différentes parties du corps, particulièrement aux avant-bras et à la nuque, la peau constituée de manière à ne pas méconnaître le commencement d'un principe dartreux; même les mains de Son Altesse offrent de telles anomalies qu'on ne peut attribuer leur état à de simples engelures.

Des bains adaptés et fréquents agiront favorablement sur cette discrasie.

Une pareille constitution de la peau extérieure, qui se propage si facilement aux membranes intérieures, particulièrement sur la trachée-artère et sur les bronches, peut aussi chez Son Altesse baser la disposition au mal local de ces organes. Il y a toute probabilité que cette discrasie de la peau est héréditaire du côté paternel.

Dans l'époque actuelle, l'anomalie du développement du duc de Reichstadt laisse espérer des bornes et des changements consolants, et la discrasie herpétique cédera peu à peu, comme je l'espère, à l'usage des bains. Toutefois, aussi longtemps que le développement du prince ne sera pas terminé, il ne faudra pas perdre de vue l'une et l'autre cause; car toute maladie accessoire qui pourrait survenir pendant cette époque de croissance, serait très-significative et dangereuse, soit pour le présent, soit pour l'avenir ; ce qui serait d'autant plus à craindre, que le prince n'a eu aucune maladie exanthématique de la peau, telle que rougeolle, scarlatine.

Le prince doit éviter les grands efforts, et principalement ceux de l'organe de la voix ; se garder d'échauffements et de refroidissements, en particulier dans les temps d'orages, et observer un juste régime.

La vigilance pour sauver le prince de ces causes nuisibles ne pourra jamais être assez grande, si l'on considère son tempérament vif et fougueux, si difficile à modérer.

Je prendrai, en conséquence, le plus grand soin du prince, particulièrement en l'observant en automne, époque où les symptômes décrits se reproduisent plus facilement, et en dirigeant alors le régime et le traitement d'après les circonstances.

Docteur MALFATTI.

Vienne, le 15 juillet 1830.

DIRECTOIRE

DONNÉ PAR M. LE COMTE GERMOI, GRAND-MAÎTRE DE LA COUR, POUR LES CÉRÉMONIES RELATIVES A LA TRANSLATION ET AUX FUNÉRAILLES DE SON ALTESSE LE DUC DE REICHSTADT.

Après avoir exécuté l'excentration accoutumée du corps à Schœnbrünn, il sera embaumé par les officiers apothicaires de la cour, posé sur une table couverte de drap noir, entouré de bougies ardentes.

Un crucifix placé aux pieds ; la coupe d'argent avec le cœur, à gauche des pieds ; le vase de cuivre à droite, l'un et l'autre couverts de taffetas noir. Deux ecclésiastiques et deux personnes de la suprême Chambre feront alternativement des prières.

A l'approche de la nuit, le curé de la cour dira la bénédiction sur le corps, qui sera mis dans le premier cercueil, couvert d'un linceul de taffetas blanc, porté en bas par les gens de la chambre ducale, dans la litière de la cour, prête à le recevoir, et devancé par plusieurs jockeys de la cour portant des lanternes allumées, et sera amené incognito à la ville, dans l'église de la cour. Le convoi sera accompagné par le major-général, le chambellan, baron de Moll, et les gens de la chambre de l'auguste défunt, tous en voiture, et par l'inspecteur des équipages de la cour, à cheval. Arrivé à la ligne, le convoi sera conduit par un fourrier de S. M. I. et R. par la porte de sa cour, dans l'église paroissiale du château, où le curé l'accueillera et dira la bénédiction sur le corps, qui ensuite sera déposé sur le catafalque dressé dans l'église près du maître-autel.

L'exposition solennelle et la seconde bénédiction auront lieu le lendemain matin à huit heures. C'est en ce moment que le public pourra entrer dans l'église. Pendant la matinée, l'on dira les messes sur les autels, et les prières seront faites par les valets de chambre impériaux-royaux de même que ducaux, et des laquais, jusqu'au temps des funérailles.

Après midi, à deux heures, les vases avec le cœur et les entrailles seront descendus, bénits, et puis le cœur transféré le premier par le corridor des Augustins, dans la chapelle Loretto.

A la tête, un fourrier de la cour, suivi par un garçon de la chapelle de cour, avec la croix;

Un valet de la cour avec l'encensoir et l'eau bénite;

Deux chapelains de la cour;

Le curé de la cour;

Un fourrier de la chambre;

Deux valets de chambre ducaux;

Un valet de chambre impérial-royal entre deux pages, avec des flambeaux allumés, portant la coupe d'argent avec le cœur;

Deux arciers et deux gardes-du-corps hongrois; enfin par dehors, de deux côtés, deux trabans feront le cortége secondaire;

M. le major-général;

Le chambellan, baron de Moll;

Deux laquais impériaux-royaux et deux laquais ducaux;

A la grille du corridor des Augustins, le cœur sera bénit par le curé de la cour et reçu ensuite par le prieur du couvent des Augustins; après quoi la procession se continuera jusqu'à la chapelle Loretto, où le cœur doit être déposé.

Le cortége étant de retour des Augustins et arrivé à l'église paroissiale de la cour, le vase avec les entrailles sera enlevé par deux valets de chambre impériaux-royaux, avec le même céré-

8

monial, et posé à la tête dans la voiture ordinaire qui l'attendra à l'escalier des ambassadeurs, et dans laquelle se placeront, vis-à-vis du vase, M. le major-général et le chambellan, baron de Moll, pour le transférer à Saint-Etienne.

Le convoi se composera de la manière suivante :

Un valet de la cour, à cheval;

Une voiture à deux chevaux de la cour avec un fourrier de la chambre;

Deux valets de chambre impériaux-royaux et deux valets de chambre ducaux, dans une voiture de la cour, à deux chevaux;

Le vase dans la voiture ordinaire à six chevaux;

A chaque portière marcheront un laquais ordinaire, impérial-royal et un laquais-ducal;

Par dehors, la voiture sera accompagnée de six hommes des gardes-du-corps des trabans, sous le commandement d'un sergent en second;

A l'arrivée à Saint-Etienne, le vase sera descendu de la voiture ordinaire, porté sans escorte à l'église, et reçu par le prévôt du chapitre et le clergé. On donnera la bénédiction, ensuite on l'accompagnera dans le caveau dans l'ordre suivant :

Un fourrier de la cour;

Le clergé de la cure archiépiscopale;

Le chapitre;

La cérémoniaire de la cour;

Quatre lévites;

Le prévôt du chapitre;

Un fourrier de la chambre;

Deux valets de chambre ducaux;

Deux valets de chambre impériaux-royaux portant le vase

entre deux pages, avec des flambeaux allumés, et les gardes-du-corps;

M. le major-général;

Le chambellan, baron de Moll;

Deux laquais impériaux-royaux et deux laquais ordinaires ducaux.

Toute la procession, à l'exception des gardes-du-corps et des laquais ordinaires, descendra dans le caveau où se fera la bénédiction, et où le vase sera déposé.

C'est alors que le cortége de la cour retournera sans les gardes.

A cinq heures de l'après-midi, auront lieu les funérailles. Le corps étant bénit, le cercueil sera fermé et porté, partie par des valets de chambre impériaux-royaux, partie par des valets de chambre ducaux, sous l'assistance d'un nombre égal de laquais ordinaires, impériaux-royaux et ducaux, accompagné par M. le major-général, le chambellan, baron de Moll, et les individus de la chambre, jusqu'au char funèbre, près le chef-escalier, où le corps sera bénit, posé dans le char; sur quoi le convoi funèbre se mettra en mouvement par la place Joseph et la place de l'Hôpital à l'église des Capucins, sur le Marché-Neuf, dans l'ordre suivant:

Un détachement de cavalerie;

Un valet de la cour, à cheval;

Un fourrier de la chambre, dans une voiture de la cour, à deux chevaux;

Les valets de chambre impériaux-royaux et ducaux en deux voitures de la cour, à deux chevaux;

Un détachement de cavalerie;

Un valet de la cour, à cheval;

Un fourrier de la cour, à cheval;

Une voiture de la cour, à six chevaux, au fond de laquelle sera M. le major-général, et en arrière le chambellan, baron de Moll; à chaque portière marchera un laquais ordinaire, ducal;

Les laquais ducaux;

Les laquais impériaux-royaux, deux à deux;

Deux fourriers de la cour impériaux-royaux, à pied;

Le cercueil dans la voiture ordinaire, à six chevaux;

Aux portières marcheront deux laquais ordinaires, impériaux-royaux et deux laquais ordinaires ducaux; des deux côtés, quatre pages impériaux-royaux, portant des flambeaux allumés;

Le cortége de droite sera fait par six gardes-du-corps des arciers; celui de gauche par six gardes-du-corps hongrois, et en dehors, des deux côtés, par six gardes-du-corps des trabans, sous leur sergent en second;

Une compagnie de grenadiers;

Un détachement de cavalerie.

Arrivé à l'église des Augustins, sept ecclésiastiques se joindront au convoi, sous la conduite d'un fourrier de la cour impérial-royal.

Au portail de l'église des Capucins, le cercueil sera descendu de la voiture, porté à l'église et déposé sur le catafalque dressé. M. le major-général et le chambellan, baron Moll, après l'avoir accompagné jusque-là, se rendront alors dans le prie-Dieu qui leur sera désigné.

Après la bénédiction, le cercueil sera relevé et descendu dans le caveau. Tout le clergé le devancera, il sera suivi par le représentant du premier grand-maître impérial-royal, de M. le major-général et du chambellan, baron de Moll. Arrivé en bas, le représentant du premier grand-maître impérial-royal fera ouvrir le cercueil par un fourrier de la chambre, montrera l'auguste corps au père gardien des Capucins, fera refermer le cercueil et remettra l'une des clefs, reçue par le fourrier de la chambre, au père gardien, l'autre au conseiller aulique impérial-royal, et directeur de la grande maîtrise, pour être déposée dans le trésor. Alors le cortége se séparera et chacun se retirera indivi duellement.

Par l'office de la grande maîtrise impériale-royale.

Vienne, ce 22 juillet 1832.

PATENTE IMPÉRIALE

CONCERNANT L'APANAGE QUI FUT CONSTITUÉ AU DUC DE REICHSTADT PAR L'EMPEREUR D'AUTRICHE.

Patente n° 4.

Nous, François Ier, par la grâce de Dieu, empereur d'Autriche, etc., etc.,

Déclarons pour nous, nos héritiers et successeurs au trône, et faisons savoir à tous et à chacun, suivant que besoin sera :

Par notre patente, datée de ce jour, nous avons fixé le titre, le rang, les armes du prince François-Joseph-Charles, duc de Reichstadt, fils de notre bien-aimée fille Marie-Louise, archiduchesse d'Autriche, duchesse de Parme, Plaisance, Guastalla.

Nous avons, en outre, l'intention de placer ce prince dans une situation qui lui donne les moyens de soutenir convenablement son rang et sa dignité. A cette fin, dans une conférence tenue à Paris, le 4 décembre de l'année dernière, par les ministres d'Autriche, d'Espagne, de France, d'Angleterre, de Prusse et de Russie, nous avons fait déclarer par notre ministre que, convaincu qu'il est de l'intérêt général de fixer le sort du prince François-Joseph-Charles, au moment même où la succession du duché de Parme vient d'être réglée entre les puissances qui, par l'article 99 de l'acte du congrès de Vienne du 9 juin 1815, sont appelés à prendre cet arrangement en considération et à en fixer les termes, nous nous sommes décidé à renoncer pour nous, nos héritiers et successeurs, en faveur du prince François-Joseph-Charles et de sa descendance directe et masculine, à la possession des terres de Bohême connues sous le nom de Bavaro-Palatines, possédées aujourd'hui par Son Altesse Sérénissime et Royale le grand-duc de Toscane, lesquelles terres, en vertu de l'article 101 de l'acte du congrès, devraient rentrer dans notre domaine particuler, à l'époque de la réunion du duché de Lucques au grand-duché de Toscane. En conséquence, la réversion de ces terres à notre domaine particulier n'aura lieu qu'après le décès du prince François-Joseph-Charles, et l'extinction de sa postérité masculine.

Toutefois, pour plus de sécurité, nous avons délivré audit prince, duc de Reichstadt, dans la forme accoutumée, le présent document de la disposition qui lui assure la jouissance des terres Bavaro-Palatines situées en Bohême, afin qu'en tout temps il puisse soutenir ses droits, si quelque puissance venait à les contester. En conséquence, nous déclarons solennellement pour nous, nos héritiers et successeurs au trône, que, dans le cas prévu par l'article 101 de l'acte du congrès de Vienne, de l'année 1815, où aurait lieu l'incorporation du duché de Lucques au grand-duché de Toscane, nous renonçons pour nous et pour nos successeurs, en faveur du prince François-Joseph-Charles, duc de Reichstadt, au droit de dévolution à notre domaine des terres situées en Bohême, inscrites à la table royale de Prague, depuis 1805, au nom de Son Altesse Impériale et Royale Ferdinand, grand-duc de Würtzbourg, savoir :

La seigneurie de Tachlowitz, avec les terres incorporées de Jentsch, Drahelt-Schitz, Horzelitz, Litowitz, Rothaugezd, Hostiwitz, Dobra, Dolau, Chrustenitz, Nenatschowitz, Kosolup et Ptitz, dans le cercle de Rakonitz.

La terre de Gross-Bohen dans le cercle de Leutmeritz.

La seigneurie de Kasow, avec la terre de Tschestin, dans le cercle de Czaslau.

La seigneurie de Kron-Vorzitschen et Ruppau, dans le cercle de Klattau.

La terre de Misowitz, dans le cercle de Rakonitz.

La seigneurie de Plosskowitz, avec les terres de Pisskowitz et de Sobenitz, dans le cercle de Leutmeritz.

La seigneurie de Reichstadt, avec les terres de Zwickow et Politz, dans le cercle de Leutmeritz.

La terre de Sandau, dans le cercle de Leutmeritz.

La terre de Schwaden, dans le cercle de Leutmeritz.

La terre de Swoleniowes, dans le cercle de Rakonitz.

La terre de Trnowan, située dans le cercle de Leutmeritz.

La seigneurie de Buschtierad dans le cercle de Rakonitz.

Enfin, la maison n° 182, située au Hradschin.

Nous voulons que les terres et seigneuries sus mentionnées, avec toutes les appartenances, meubles et immeubles, ainsi que les droits qui y sont attachés, soient remis sans délai, à cette époque, au prince notre bien-aimé petit-fils, comme l'apanage fixé pour son entretien, et qu'il en jouisse et les possède sa vie durant.

Telles sont nos fermes et sérieuses résolutions, au maintien desquelles nous, nos héritiers et successeurs, nous obligeons dans la meilleure forme; et, dans ce but, non seulement nous ferons enregistrer nos dispositions à la table royale de Prague, mais aussi nous ferons rédiger deux expéditions du présent acte, signées de notre main, et scellées de notre sceau impérial. Nous voulons que, pour l'éternelle mémoire de cet acte, l'un des exemplaires reste déposé dans nos archives de famille, de cour et d'État.

Nous chargeons de l'exécution du présent acte notre cher et fidèle comte de Saurau, notre chambellan actuel, conseiller intime, ministre d'État et des conférences, grand-chancelier et ministre de l'intérieur, etc., etc.

Donné dans notre capitale et résidence impériale, le 22 juillet de l'an de grâce 1818, et de notre règne le vingt-septième.

FRANÇOIS.

(*Suivent les signatures.*)

FIN DES NOTES ET DOCUMENTS.

TABLE.

Pages.

I. Naissance du Roi de Rome. 5

II. Enfance du roi de Rome. — Victoires et revers. . 18

III. Les derniers jours de l'Empire. — Départ du Roi de Rome et de l'Impératrice. — Abdication de Fontainebleau. 26

IV. Arrivée de Marie-Louise en Autriche. — Séjour à Schœnbrünn.—Le peuple de Vienne. — Les eaux d'Aix. 36

V. Le congrès de Vienne. — La nouvelle du retour de l'île d'Elbe. —Dissolution du congrès. —Marie-Louise. —Le Roi de Rome. — Séparation du Roi de Rome et de madame de Montesquiou. . . . 41

VI. Mort de l'impératrice Joséphine. — Campagne de France. — Départ pour Sainte-Hélène. — Education du duc de Reichstadt à Vienne. . . . 51

VII. Jeunesse du duc de Reichstadt. — Ses études. — M. le prince de Metternich. — Mademoiselle Fanny Essler. — L'archiduchesse Sophie. — Lectures du prince. — Une lettre célèbre. . . . 66

VIII. M. Barthélemy à Vienne. — La nouvelle de la révolution de Juillet. — Effet de cette nouvelle à la cour d'Autriche. — Négociation des partisans de l'empire auprès du cabinet autrichien. — Réserve du duc de Reichstadt.—La comtesse C...— Un bal chez l'ambassadeur d'Angleterre. . . 81

IX. Le duc de Reichstadt et le maréchal Marmont. — Mots heureux. — Derniers écrits. — L'aventure du jardinier. — Premiers symptômes de la maladie du prince. — Sa résignation. 98

X. Insurrection italienne. — Le duc de Reichstadt demande à prendre part aux événements de la guerre. — Refus de l'empereur d'Autriche. — Récit de M. de Prokesch. — Il se sépare du prince. — Leurs adieux. 103

XI. Dépérissement de la santé du prince.—Le docteur Malfatti. — Relation du docteur. — Voyage en Hongrie. — Retour à Schœnbrünn. — progrès de la maladie. — L'archiduchesse Sophie. — Marie-Louise. — Derniers moments du prince. — Sa mort. — Résumé de ce livre. 108

NOTES ET DOCUMENTS.—Funérailles du duc de Reichstadt. 123

Rapport sur l'état de son altesse le duc de Reichstadt. 129

Directoire donné par M. le comte Germoi, grand-maître de la cour, pour les cérémonies relatives à la translation et aux funérailles de son altesse le duc de Reichstadt. 132

Patente impériale concernant l'apanage qui fut constitué au duc de Reichstadt par l'empereur d'Autriche. 138

FIN DE LA TABLE.

Paris. — Imp. de Pommeret et Moreau, 17, quai des Augustins.

www.ingramcontent.com/pod-product-compliance
Ingram Content Group UK Ltd.
Pitfield, Milton Keynes, MK11 3LW, UK
UKHW020255250726
13967UKWH00004B/1698